Le Jeu de ▮▮▮
et du h▮▮

Philippe Bageron
P. I

Marivaux

Le Jeu de l'amour et du hasard

Comédie

1730

Préface de Jacques Lassalle
Commentaires et notes
de Patrice Pavis

Le Livre de Poche

Cette édition reproduit l'édition originale de Briasson de 1730, intitulée Nouveau Théâtre-Italien. *Elle tient compte de la réédition parue en 1758. Frédéric Deloffre a fait paraître, en 1968, aux éditions Garnier, un* Théâtre complet de Marivaux *en deux volumes. Pour une étude complète de Marivaux nous renvoyons à cet ouvrage qui est un modèle d'érudition et d'exactitude.*

Né en 1947, ancien élève de l'École normale supérieure de Saint-Cloud, agrégé et docteur d'État, Patrice Pavis est l'auteur du *Dictionnaire du théâtre* (Éditions Sociales), de *Voix et images de la scène* (P.U. Lille), de *Marivaux à l'épreuve de la scène* (Publications de la Sorbonne). Ses recherches et son enseignement à l'Institut théâtral de la Sorbonne nouvelle portent sur la théorie du théâtre et la mise en scène contemporaine. Il est le commentateur, au Livre de Poche, de *Cyrano de Bergerac* et de *La Mouette*.

Une nouvelle approche du théâtre

Le théâtre est échange entre le comédien et le public. Le Livre de Poche Classique, *en publiant une série « Théâtre », cherche à développer cette même complicité entre l'auteur et son lecteur.*

Nous avons donc demandé à des metteurs en scène, à des comédiens, à des critiques de présenter la pièce et de nous faire partager leur joie de créateur. N'oublions pas que le théâtre est un jeu, « une scène libre au gré des fictions », disait Mallarmé. L'acteur, en revêtant son costume, « change de dimension, d'espèce, d'espace » (Léonor Fini).

Ici, la préface crée l'atmosphère à laquelle est convié le lecteur.

Mais il fallait éclairer la pièce. On ne peut aborder avec profit les chefs-d'œuvre du répertoire sans connaître les circonstances de leur création, l'intrigue, le jeu des personnages, l'accueil du public et de la critique, les ressorts dramatiques. Nous avons laissé le lecteur à la libre découverte du texte, mais aussi, pour le guider, nous avons fait appel à des universitaires, tous spécialistes du théâtre.

Nous avons voulu, en regroupant en fin de volume les Commentaires et les Notes, débarrasser le texte de ses « spots » scolaires. Toutes les interrogations qu'un élève, qu'un étudiant ou qu'un lecteur exempt de contrainte peuvent se poser, sont traitées dans six rubriques. Une abondante annotation vient compléter cette analyse.

Notre souhait a été de créer pour le théâtre de véritables Livres de Poche ayant leur place dans notre série Classique.

L'Éditeur.

Préface

Le sourire selon Van Loo

> Il est bien vrai que les gens gagnent
> à être connus. Ils y gagnent en mystère.
>
> J. PAULHAN

L'ŒUVRE de Marivaux, qui fait aujourd'hui l'unanimité, fut longtemps mal comprise. Combien dura son purgatoire ! L'auteur du *Jeu de l'amour et du hasard,* dès ses premiers écrits, embarrasse quand il n'impatiente pas. Ses détracteurs le moquent, les autres lui concèdent de l'estime. « Il serait, assure-t-on, de premier ordre dans le second. » Tous se tiennent quittes envers lui en le traitant de petit-maître. Ses amis même saluent davantage « la douceur de son caractère » et « l'amabilité de sa société » que la force de son style ou la nouveauté de son propos. Mesurent-ils vraiment ce qu'il entre de cruauté dans leur sollicitude ? Il n'est pas, à ma connaissance, dans toute l'histoire de notre littérature, de plus perfide hommage que l'*Éloge* que lui consacra d'Alembert. Texte aigu, ample autant que bienveillant certes et dont la lecture reste capitale, mais qui exprime tellement ce « je ne sais quoi » de condescendance dont les contemporains, Fontenelle excepté, ne se sont jamais départis pour juger Marivaux et son œuvre.

   Les générations suivantes ne le traitent guère mieux.
Marivaux continue à faire antichambre en compagnie
des précieux, des métaphysiciens de salon, des arpen-
teurs de coulisses, on dirait presque des sigisbées. On le
mobilise, plus qu'il ne faudrait sans doute, pour le débat
qui fait long feu entre les Anciens et les Modernes. On
disserte à l'envi sur ce qu'il doit aux Comédiens-Italiens, sur ce qu'il manque avec les Comédiens-Français.
On lui reconnaît la connaissance du « cœur féminin » et
on évoque son amitié avec son interprète Silvia Baletti.
Les actrices d'ailleurs lui restent fidèles, ce qui explique
pour une bonne part, sans doute, le maintien au répertoire de la Comédie-Française de trois pièces : *Le Jeu
de l'amour et du hasard, Les Fausses Confidences,
L'Épreuve,* créées par Silvia, et dans lesquelles plus spé-
cialement elle triompha. On peut ajouter *Le Legs,* et
c'est tout. Le reste demeure dans l'ombre. Les plus
avertis opposent, pour le préférer, le Marivaux roman-
cier ou publiciste au Marivaux auteur dramatique. Parfois, certains s'enhardissent jusqu'à le comparer à
Racine pour la cruauté, aux comédies de Shakespeare
pour la fantaisie, mais tous l'écrasent sous Molière, ce
Molière qu'il n'aimait guère, et dont le théâtre lui sert à
bien des égards de repoussoir. C'est le critique Francis-
que Sarcey qui, évoquant la grande Mlle Mars écrit :
« Soutenue par Molière, elle protégeait Marivaux : on
sent la nuance. » Et le coup de patte du chroniqueur.
Nous sommes à l'orée de ce siècle. Rien n'a changé.
Marivaux reste un « peseur d'œufs de mouche dans des
toiles d'araignée ». Son œuvre ne s'est toujours pas re-
mise des sarcasmes de Voltaire.

Avec Jacques Copeau et ses amis de la N.R.F.
s'amorce la « réhabilitation ». On se souvient des leçons
de la *Commedia dell'arte*. La scène, lasse de l'excès
décoratif et des reproductions du naturalisme, redevient
un espace de convention. Elle se dénude, libère le corps
et le geste de l'acteur, ré-affirme la primauté du texte.
Tout naturellement, elle redécouvre Marivaux. Un dis-
ciple de Copeau, Xavier de Courville, consacre, des
décennies durant, son « petit théâtre » à la révélation de
comédies oubliées : des deux *Surprises de l'amour* aux
Sincères, du *Triomphe de l'amour* au *Prince travesti.*
Marcel Arland, dans sa préface de la Pléiade, met l'accent
sur l'ampleur et la diversité de ce théâtre. La Comédie-
Française qui dispose en Madeleine Renaud d'une
admirable interprète marivaudienne, élargit son répertoire avec *La Double Inconstance* et *L'Arlequin poli par
l'amour.* Un Marivaux plus grave et plus secret commence à poindre... Bien des équivoques subsistent pourtant. Louis Jouvet qui ne le mit jamais en scène, et l'on
va comprendre pourquoi, note à l'intention de ses
élèves : « Ce qui doit nous intéresser dans le théâtre de
Marivaux, ce n'est pas le théâtre social ou d'actualité, ce
n'est pas la peinture du XVIIIᵉ siècle, c'est ce qu'il a
d'abstrait. C'est sa convention poussée à son extrême
limite et spiritualisée [...]. Ses pièces, offrant toutes la
même intrigue, ne sont presque plus que des schémas où
le personnage devient un spectre du sentiment qu'il veut
peindre. C'est un théâtre pur. » Abstrait, spectral, système clos de variations sur un même schéma, théâtre
pur enfin, le théâtre de Marivaux serait-il encore injoua-
ble ?

Pas pour longtemps. Dans les années qui suivent la
seconde guerre mondiale, stimulés par la dynamique
de la décentralisation et la volonté rendue possible de ren-

contrer de nouveaux publics, les metteurs en scène s'emparent de Marivaux. Les premiers s'appellent Barrault, Vilar, Planchon, Chéreau... D'autres suivront. Lecteurs sans préjugé et sans paresse, ils rendent à Marivaux l'espace, la durée, les complexités de la fable, l'épaisseur du réel, la cruauté de ses jeux. Ils le réinscrivent dans l'urgence de l'Histoire et les vertiges de notre temps. On pourrait dire, sans beaucoup d'exagération, qu'en France l'histoire de son théâtre fait corps depuis quarante ans avec celle de la mise en scène. Qui aurait pu prévoir pareille fortune scénique ? Marivaux ne quitte plus l'affiche. Chacune de ses comédies, même quand son attribution reste incertaine, même quand elle participe davantage de la parabole sociale ou philosophique, fait l'objet de représentations nombreuses. Les scènes étrangères, longtemps intimidées par les difficultés de traduction, l'inscrivent à leur répertoire. Éditions nouvelles, essais, commentaires, numéros spéciaux de revues, se succèdent. Les acteurs, désormais autant que les actrices, veulent jouer Marivaux et le jouer encore. C'est que ce théâtre, plus qu'aucun autre sans doute, révèle quand on croit le révéler, déjoue quand on croit le jouer, nous éclaire le plus inavouable de nous-mêmes quand nous pensions n'avoir affaire qu'à des Silvia et des Dorante.

A cet engouement singulier, certes, je n'ai pas échappé. D'aussi loin que je me souvienne, le théâtre de Marivaux scande tous les tournants de ma vie. La première fois, qu'enfant, je vins à Paris, on me mena à la Comédie-Française. Il s'y jouait, ce soir-là, *Le Jeu de l'amour et du hasard* avec *Poil de carotte* en lever de rideau. Je m'étais si bien identifié au pauvre adolescent de Jules Renard, que je crus encore sienne l'émotion qui me submergea devant les perruques d'ivoire poudré et les gorges plus qu'à demi révélées de Lisette et de sa maîtresse.

Jeune acteur au Conservatoire, je travaillais et jouais les
valets, m'étonnant *in petto* que personne ne songeât
jamais à me « distribuer » un maître. Plus tard, profes-
seur dans ce même Conservatoire, il m'arrivait de « forcer la carte » à mes élèves, plus soucieux spontanément
d'aborder un Tennessee Williams ou un Pinter, pour
qu'ils accordent leur priorité à Marivaux. Le poète des
surprises de l'amour et des intermittences du cœur, le
clinicien de la dispute et des troubles d'identité cessera-
t-il jamais d'être de leur âge ? Metteur en scène, j'ai
commencé avec *La Seconde Surprise de l'amour,* et
présenté depuis *Les Fausses Confidences, L'Épreuve,
L'Heureux Stratagème...* Je n'aurais pas à me forcer
beaucoup pour récidiver. Plus encore que Tchékhov,
mais sans doute pour ce même regard porté sur des
sociétés infâmes et délicieuses quand elles dansent au
bord du gouffre l'approche des révolutions, Marivaux
m'est devenu terre nourricière, espace de vie où je
trouve la force de poursuivre ma quête, et l'espérance
obscure d'en éclairer le sens.

Tout au long de ce commerce obstiné avec Marivaux,
j'ai annexé probablement bon nombre des découvertes,
souvent considérables, de la mise en scène et de la critique modernes à son égard. Je sais de toute certitude
par exemple qu'il n'a pas écrit trente-sept fois une même
pièce mais qu'il est le créateur d'un monde multiple et
singulier, foisonnant et pourtant balisé, cohérent autant
que contradictoire, d'autant plus réaliste qu'il est plus
transposé, et où chaque ouvrage, chaque fragment
trouve sa clef, dans l'intelligence d'une totalité. Car la
fable, chez Marivaux, n'est jamais négligente, ou invrai-
semblable comme le risquait Jouvet. Ses finesses n'en-
lèvent rien à sa précision. Parce qu'elle ne s'avoue que

par bribes, elle n'en reste pas moins déterminante. Mais il faut en nouer, un à un, les fils pour qu'apparaisse peu à peu « le dessin dans le tapis », tout l'immergé d'une fiction, sans laquelle en effet le système marivaudien du mensonge comme condition d'accès à la vérité, ne serait plus que virtuosité formelle, exemptée de toute adhérence au « monde réel » qui l'a généré. Enquête minutieuse, souvent déroutante, mais qui ne peut que fonder toute véritable lecture de l'œuvre. Ici, les intérêts, les conditions, le calcul des tiers et la pression sociale ne comptent pas moins que les frasques du désir. Car l'auteur de *L'Heureux Stratagème* ne cesse pas d'être celui du *Paysan parvenu*. Certes, son théâtre reste avant tout une aventure du langage : l'action ici ne procède que de situations et de conflits de texte, et ne peut se résoudre qu'en dehors de lui, puisqu'il est deux fois mensonge, mensonge à l'autre, mensonge à soi ; et ses personnages parlent tous une langue homogène qu'on pourrait appeler « le marivaux ». Mais il ne faut pas oublier qu'en elle se parlent et se reflètent les contradictions d'un monde autant que celles d'un cœur. Chaque individu a ses tournures, son lexique, sa respiration, son idiome social. Chacun dit son état autant que ses états. Et si ce langage, au-delà de ses archaïsmes obligés, nous surprend parfois par ses détours, ses contours, ce n'est pas que le style de Marivaux soit obscur ou soucieux de l'être, c'est que voulant explorer des continents nouveaux, des zones ignorées ou jusqu'alors interdites dans la connaissance du « cœur humain », l'écrivain doit inventer dans le même temps l'objet et l'instrument de sa recherche. « L'exacte clarté, Madame, est le premier et le plus essentiel devoir de l'auteur [...]. C'est comme si l'âme, dans l'impuissance d'exprimer une modification qui n'a point de nom, en fixait une de la même espèce que la sienne, mais inférieure à la sienne en vivacité, et l'exprimait de façon que l'image de cette moindre modification pût exciter dans les autres, une idée plus ou moins fidèle de la véritable modification qu'elle ne peut produire. Voilà de quelle façon un auteur doit être clair : voilà la clarté qu'il lui convient d'avoir, quand il veut se faire honneur de tout ce qu'il sent de beau. » Où est la désinvolture dans tout cela ? Et la complaisance ? Oui, décidément, Marivaux commence quand finit le marivaudage.

J'ai longtemps pris Marivaux pour un auteur optimiste. A la manière de son siècle, ce siècle dit « des Lumières ». J'ai longtemps pensé que les épreuves, dont son théâtre n'est pas avare, étaient le prix qu'il fallait payer pour une éducation, sociale autant que sentimentale, réussie. Quelque chose comme l'avènement assuré, si douloureux qu'il fût parfois, d'un contrat de sociabilité passé avec le monde. En ce sens, la comédie ne serait que l'histoire d'un aveu. L'aveu proféré, tout serait dit. La vraie vie révélée par le jeu du théâtre ne pourrait se poursuivre qu'en dehors de lui. Je n'en suis plus si sûr. Je ne suis plus si sûr des lendemains marivaudiens. Et si le mystère ne commençait qu'après l'aveu ? Si l'enjeu ultime de ce théâtre n'était qu'une tentative de sortie, un essai sans illusions de fuir dans l'utopie les contraintes et les limites d'une réalité par ailleurs lucidement recensée ? Une transe où le personnage pris entre la velléité d'échapper à sa condition et l'obligation d'y rester s'accorderait pour quelques heures, mais il en serait modifié pour la vie, une sorte de congé d'identité, et dans le vide ainsi ménagé pourrait assouvir, sous l'impunité de ses masques successifs, l'illimité de son désir. Ainsi Marivaux rejoindrait-il Watteau dans l'infinie mélancolie des retours de Cythère.

Je considère une fois de plus le portrait que fit de lui Van Loo en 1753. Il a soixante-cinq ans et il ne publie pratiquement plus. Mais le sourire est sans rides. S'agit-il d'un sourire d'ailleurs ? D'un éclair de pensée plutôt dont l'ironie, très vite réprimée, laisse une braise dans le regard et ourle la bouche en un pli légèrement moqueur. Il me semble l'entendre : « Vous êtes devenus, les uns et les autres, si savants à mon endroit, que je ne sais plus si je pourrais encore vous donner la réplique. Mais peut-être dans cet intérêt que vous ne me lésinez pas aujourd'hui, entre-t-il autant de malentendus que dans le délaissement poli où l'on m'abandonnait hier ? Cela au fond m'importe guère. Je voudrais toujours être lu et représenté avec étonnement, ce même étonnement que j'eus à découvrir le monde, et moi dans ce monde. C'est de cet étonnement primordial que sont nés mes personnages. Tous m'ont posé la même question : « Que m'arrive-t-il ? » A tous j'ai fait la même réponse : « Il vous arrive d'être. Vous êtes ce qui vous arrive. Ce que vous savez, c'est que vous êtes. Ce que vous ne savez pas, c'est qui vous êtes. »

Lire Marivaux, représenter Marivaux, c'est partir de cette ignorance-là. A l'arrivée vous ne l'aurez probablement pas dépassée. Mais en chemin, à vous aussi, il vous sera arrivé d'être. Marivaux ou la seconde naissance.

JACQUES LASSALLE

Le Jeu de l'amour et du hasard

Comédie en trois actes représentée pour la première fois par les Comédiens-Italiens, le 23 janvier 1730.

Acteurs

MONSIEUR ORGON

MARIO

SILVIA

DORANTE

LISETTE, *femme de chambre de Silvia*

ARLEQUIN, *valet de Dorante*

UN LAQUAIS

La scène est à Paris.

Acte I

Scène 1

SILVIA, LISETTE

SILVIA. Mais encore une fois, de quoi vous mêlez-vous, pourquoi répondre[1] de mes sentiments ?

LISETTE. C'est que j'ai cru que, dans cette occasion-ci, vos sentiments ressembleraient à ceux de tout le monde ; Monsieur votre père me demande si vous êtes bien aise qu'il vous marie, si vous en avez quelque joie : moi je lui réponds qu'oui ; cela va tout de suite[2] ; et il n'y a peut-être que vous de fille au monde, pour qui ce *oui*-là ne soit pas vrai ; le *non* n'est pas naturel.

SILVIA. Le *non* n'est pas naturel, quelle sotte naïveté ! Le mariage aurait donc de grands charmes pour vous ?

LISETTE. Eh bien, c'est encore *oui*, par exemple.

SILVIA. Taisez-vous, allez répondre vos impertinences ailleurs, et sachez que ce n'est pas à vous à juger de mon cœur par le vôtre.

LISETTE. Mon cœur est fait comme celui de tout le monde ; de quoi le vôtre s'avise-t-il de n'être fait comme celui de personne ?

SILVIA. Je vous dis que, si elle osait, elle m'appellerait une originale[3].

LISETTE. Si j'étais votre égale, nous verrions.

SILVIA. Vous travaillez[1] à me fâcher, Lisette.

LISETTE. Ce n'est pas mon dessein ; mais dans le fond
voyons, quel mal ai-je fait de dire à Monsieur Orgon
que vous étiez bien aise d'être mariée ?

SILVIA. Premièrement, c'est que tu n'as pas dit vrai, je ne
m'ennuie pas d'être fille[2].

LISETTE. Cela est encore tout neuf.

SILVIA. C'est qu'il n'est pas nécessaire que mon père croie
30 me faire tant de plaisir en me mariant, parce que cela le
fait agir avec une confiance qui ne servira peut-être de
rien.

LISETTE. Quoi, vous n'épouserez pas celui qu'il vous destine ?

SILVIA. Que sais-je, peut-être ne me conviendra-t-il point,
et cela m'inquiète.

LISETTE. On dit que votre futur[3] est un des plus honnêtes
du monde, qu'il est bien fait, aimable, de bonne mine,
qu'on ne peut pas avoir plus d'esprit, qu'on ne saurait être
40 d'un meilleur caractère ; que voulez-vous de plus ? Peut-
on se figurer de mariage plus doux ? D'union plus délicieuse ?

SILVIA. Délicieuse ! que tu es folle avec tes expressions ?

LISETTE. Ma foi, Madame, c'est qu'il est heureux qu'un
amant[4] de cette espèce-là veuille se marier dans les for-
mes ; il n'y a presque point de fille, s'il lui faisait la cour,
qui ne fût en danger de l'épouser sans cérémonie ; aimable, bien fait, voilà de quoi vivre pour l'amour[5] ; sociable
et spirituel, voilà pour l'entretien de la société : Pardi,
50 tout en sera bon, dans cet homme-là, l'utile et l'agréable,
tout s'y trouve.

SILVIA. Oui, dans le portrait que tu en fais, et on dit qu'il y
ressemble, mais c'est un *on dit*, et je pourrais bien n'être

pas de ce sentiment-là, moi ; il est bel homme, dit-on, et
c'est presque tant pis.

LISETTE. Tant pis, tant pis, mais voilà une pensée bien
hétéroclite[1] !

SILVIA. C'est une pensée de très bon sens ; volontiers[2] un
bel homme est fat, je l'ai remarqué.

LISETTE. Oh, il a tort d'être fat ; mais il a raison d'être
61 beau.

SILVIA. On ajoute qu'il est bien fait ; passe[3].

LISETTE. Oui-da, cela est pardonnable.

SILVIA. De beauté et de bonne mine, je l'en dispense, ce
sont là des agréments superflus.

LISETTE. Vertuchoux[4] ! si je me marie jamais, ce superflu-
là sera mon nécessaire.

SILVIA. Tu ne sais ce que tu dis ; dans le mariage, on a plus
souvent affaire à l'homme raisonnable qu'à l'aima-
70 ble homme ; en un mot, je ne lui demande qu'un bon
caractère, et cela est plus difficile à trouver qu'on ne
pense. On loue beaucoup le sien, mais qui est-ce qui a
vécu avec lui ? Les hommes ne se contrefont-ils pas,
surtout quand ils ont de l'esprit ? n'en ai-je pas vu, moi,
qui paraissaient, avec leurs amis, les meilleures gens du
monde ? C'est la douceur, la raison, l'enjouement même,
il n'y a pas jusqu'à leur physionomie qui ne soit garante
de toutes les bonnes qualités qu'on leur trouve. Monsieur un tel a l'air d'un galant homme, d'un homme bien
80 raisonnable, disait-on tous les jours d'Ergaste : Aussi
l'est-il, répondait-on ; je l'ai répondu moi-même ; sa
physionomie ne vous ment pas d'un mot. Oui, fiez-
vous-y à cette physionomie si douce, si prévenante, qui
disparaît un quart d'heure après pour faire place à un
visage sombre, brutal, farouche, qui devient l'effroi de

toute une maison. Ergaste s'est marié ; sa femme, ses
enfants, son domestique[1] ne lui connaissent encore que
ce visage-là, pendant qu'il promène partout ailleurs cette
physionomie si aimable que nous lui voyons, et qui
90 n'est qu'un masque qu'il prend au sortir de chez lui.

LISETTE. Quel fantasque[2] avec ses deux visages !

SILVIA. N'est-on pas content de Léandre quand on le voit ?
Eh bien, chez lui, c'est un homme qui ne dit mot, qui ne
rit ni qui ne gronde ; c'est une âme glacée, solitaire,
inaccessible ; sa femme ne la connaît point, n'a point de
commerce[3] avec elle, elle n'est mariée qu'avec une
figure[4] qui sort d'un cabinet, qui vient à table, et qui
fait expirer de langueur, de froid et d'ennui, tout ce qui
l'environne. N'est-ce pas là un mari bien amu-
100 sant ?

LISETTE. Je gèle au récit que vous m'en faites ; mais Tersandre, par exemple ?

SILVIA. Oui, Tersandre ! Il venait l'autre jour de s'emporter
contre sa femme ; j'arrive, on m'annonce, je vois un
homme qui vient à moi les bras ouverts, d'un air serein,
dégagé, vous auriez dit qu'il sortait de la conversation la
plus badine ; sa bouche et ses yeux riaient encore. Le
fourbe ! Voilà ce que c'est que les hommes. Qui est-ce
qui croit que sa femme est à plaindre avec lui ? Je la
110 trouvai toute abattue, le teint plombé, avec des yeux qui
venaient de pleurer, je la trouvai comme je serai peut-
être, voilà mon portrait à venir ; je vais du moins
risquer d'en être une copie. Elle me fit pitié, Lisette ; si
j'allais te faire pitié aussi : Cela est terrible, qu'en
dis-tu ? Songe à ce que c'est qu'un mari.

LISETTE. Un mari ? c'est un mari ; vous ne deviez pas finir
par ce mot-là, il me raccommode avec tout le reste.

Scène 2

MONSIEUR ORGON, SILVIA, LISETTE

MONSIEUR ORGON. Eh bonjour, ma fille. La nouvelle que
je viens t'annoncer te fera-t-elle plaisir ? Ton prétendu[1]
arrive aujourd'hui, son père me l'apprend par cette
lettre-ci. Tu ne me réponds rien, tu me parais triste ?
Lisette de son côté baisse les yeux, qu'est-ce que cela
signifie ? Parle donc toi, de quoi s'agit-il ?

LISETTE. Monsieur, un visage qui fait trembler, un autre
qui fait mourir de froid, une âme gelée qui se tient à
l'écart, et puis le portrait d'une femme qui a le visage
10 abattu, un teint plombé, des yeux bouffis et qui viennent
de pleurer ; voilà, Monsieur, tout ce que nous considé-
rons avec tant de recueillement.

MONSIEUR ORGON. Que veut dire ce galimatias ? Une
âme, un portrait : explique-toi donc, je n'y entends
rien.

SILVIA. C'est que j'entretenais[2] Lisette du malheur d'une
femme maltraitée par son mari ; je lui citais celle de
Tersandre, que je trouvai l'autre jour fort abattue, parce
que son mari venait de la quereller, et je faisais là-dessus
20 mes réflexions.

LISETTE. Oui, nous parlions d'une physionomie qui va et
qui vient ; nous disions qu'un mari porte un masque
avec le monde, et une grimace avec sa femme.

MONSIEUR ORGON. De tout cela, ma fille, je comprends
que le mariage t'alarme, d'autant plus que tu ne connais
point Dorante.

LISETTE. Premièrement, il est beau, et c'est presque tant
30 pis.

MONSIEUR ORGON. Tant pis ! rêves-tu avec ton tant
pis ?

LISETTE. Moi, je dis ce qu'on m'apprend ; c'est la doctrine
de Madame, j'étudie sous elle[1].

MONSIEUR ORGON. Allons, allons, il n'est pas question
de tout cela. Tiens, ma chère enfant, tu sais combien je
t'aime. Dorante vient pour t'épouser ; dans le dernier
voyage que je fis en province, j'arrêtai ce mariage-là
avec son père, qui est mon intime et mon ancien ami ;
mais ce fut à condition que vous vous plairiez à tous
deux, et que vous auriez entière liberté de vous expli-
40 quer là-dessus ; je te défends toute complaisance à mon
égard : si Dorante ne te convient point, tu n'as qu'à le
dire, il repart ; si tu ne lui convenais pas, il repart de
même.

LISETTE. Un *duo* de tendresse en décidera, comme à
l'Opéra : Vous me voulez, je vous veux, vite un
notaire ; ou bien : M'aimez-vous ? non ; ni moi non
plus ; vite à cheval.

MONSIEUR ORGON. Pour moi, je n'ai jamais vu Dorante ;
il était absent quand j'étais chez son père ; mais sur tout
50 le bien qu'on m'en a dit, je ne saurais craindre que vous
vous remerciiez[2] ni l'un ni l'autre.

SILVIA. Je suis pénétrée de vos bontés, mon père, vous me
défendez toute complaisance, et je vous obéirai.

MONSIEUR ORGON. Je te l'ordonne.

SILVIA. Mais si j'osais, je vous proposerais, sur une idée
qui me vient, de m'accorder une grâce qui me tranquil-
liserait tout à fait.

Pierre Bertin et Gisèle Casadesus
(Comédie-Française, 1939).

MONSIEUR ORGON. Parle, si la chose est faisable je te
l'accorde.

SILVIA. Elle est très faisable ; mais je crains que ce ne soit
61 abuser de vos bontés.

MONSIEUR ORGON. Eh bien, abuse, va, dans ce monde, il
faut être un peu trop bon pour l'être assez.

LISETTE. Il n'y a que le meilleur de tous les hommes qui
puisse dire cela.

MONSIEUR ORGON. Explique-toi, ma fille.

SILVIA. Dorante arrive ici aujourd'hui ; si je pouvais le
voir, l'examiner un peu sans qu'il me connût ; Lisette a
de l'esprit, Monsieur, elle pourrait prendre ma place
70 pour un peu de temps, et je prendrais la sienne.

MONSIEUR ORGON, *à part.* Son idée est plaisante[1].
(Haut.) Laisse-moi rêver[2] un peu à ce que tu me dis là.
(A part.) Si je la laisse faire, il doit arriver quelque chose
de bien singulier, elle ne s'y attend pas elle-même...
(Haut.) Soit, ma fille, je te permets le déguisement. Es-tu
bien sûre de soutenir le tien, Lisette ?

LISETTE. Moi, Monsieur, vous savez qui je suis, essayez de
m'en conter, et manquez de respect, si vous l'osez ; à
cette contenance-ci[3], voilà un échantillon des bons airs
80 avec lesquels je vous attends, qu'en dites-vous ? hem,
retrouvez-vous Lisette ?

MONSIEUR ORGON. Comment donc, je m'y trompe
actuellement moi-même ; mais il n'y a point de temps à
perdre, va t'ajuster[4] suivant ton rôle, Dorante peut nous
surprendre. Hâtez-vous, et qu'on donne le mot à toute
la maison.

SILVIA. Il ne me faut presque qu'un tablier[5].

LISETTE. Et moi je vais à ma toilette, venez m'y coiffer,

Lisette, pour vous accoutumer à vos fonctions ; un peu
90 d'attention à votre service, s'il vous plaît.

SILVIA. Vous serez contente, Marquise, marchons.

Scène 3

MARIO, MONSIEUR ORGON, SILVIA

MARIO. Ma sœur, je te félicite de la nouvelle que
j'apprends ; nous allons voir ton amant[1], dit-on.

SILVIA. Oui, mon frère ; mais je n'ai pas le temps de
m'arrêter, j'ai des affaires sérieuses, et mon père vous les
dira : je vous quitte.

Scène 4

MONSIEUR ORGON, MARIO

MONSIEUR ORGON. Ne l'amusez[2] pas, Mario, venez,
vous saurez de quoi il s'agit.

MARIO. Qu'y a-t-il de nouveau, Monsieur ?

MONSIEUR ORGON. Je commence par vous recommander
d'être discret sur ce que je vais vous dire, au moins.

MARIO. Je suivrai vos ordres.

MONSIEUR ORGON. Nous verrons Dorante aujourd'hui ;
mais nous ne le verrons que déguisé.

MARIO. Déguisé ! Viendra-t-il en partie de masque[3], lui
10 donnerez-vous le bal ?

MONSIEUR ORGON. Écoutez l'article[1] de la lettre du père. Hum... « Je ne sais au reste ce que vous penserez d'une imagination[2] qui est venue à mon fils ; elle est bizarre, il en convient lui-même, mais le motif en est pardonnable et même délicat[3] ; c'est qu'il m'a prié de lui permettre de n'arriver d'abord chez vous que sous la figure de son valet, qui de son côté fera le personnage de son maître. »

MARIO. Ah, ah ! cela sera plaisant.

MONSIEUR ORGON. Écoutez le reste... « Mon fils sait
21 combien l'engagement qu'il va prendre est sérieux, et il espère, dit-il, sous ce déguisement de peu de durée, saisir quelques traits du caractère de notre future et la mieux connaître, pour se régler[4] ensuite sur ce qu'il doit faire, suivant la liberté que nous sommes convenus de leur laisser. Pour moi, qui m'en fie bien à ce que vous m'avez dit de votre aimable fille, j'ai consenti à tout en prenant la précaution de vous avertir, quoiqu'il m'ait demandé le secret de votre côté ; vous en userez là-
30 dessus avec la future comme vous le jugerez à pro-pos... » Voilà ce que le père m'écrit. Ce n'est pas le tout, voici ce qui arrive ; c'est que votre sœur, inquiète de son côté sur le chapitre[5] de Dorante, dont elle ignore le secret, m'a demandé de jouer ici la même comédie, et cela précisément pour observer Dorante, comme Dorante veut l'observer. Qu'en dites-vous ? Savez-vous rien de plus particulier[6] que cela ? Actuellement, la maî-tresse et la servante se travestissent. Que me conseillez-vous, Mario, avertirai-je votre sœur ou non ?

MARIO. Ma foi, Monsieur, puisque les choses prennent ce
41 train-là, je ne voudrais pas les déranger, et je respecte-rais l'idée qui leur est venue à l'un et à l'autre ; il faudra bien qu'ils se parlent souvent tous deux sous ce dégui-sement, voyons si leur cœur ne les avertirait pas de ce

qu'ils valent. Peut-être que Dorante prendra du goût[1]
pour ma sœur, toute soubrette qu'elle sera, et cela serait
charmant pour elle.

MONSIEUR ORGON. Nous verrons un peu comment elle
se tirera d'intrigue.

MARIO. C'est une aventure qui ne saurait manquer de nous
51 divertir, je veux me trouver au début et les agacer tous
deux.

Scène 5

SILVIA, MONSIEUR ORGON, MARIO

SILVIA. Me voilà, Monsieur, ai-je mauvaise grâce en
femme de chambre ? Et vous, mon frère, vous savez de
quoi il s'agit apparemment, comment me trouvez-
vous ?

MARIO. Ma foi, ma sœur, c'est autant de pris que le valet[2] ;
mais tu pourrais bien aussi escamoter Dorante à ta
maîtresse.

SILVIA. Franchement, je ne haïrais pas de lui plaire sous le
personnage que je joue, je ne serais pas fâchée de sub-
10 juguer sa raison[3], de l'étourdir un peu sur la distance
qu'il y aura de lui à moi ; si mes charmes font ce coup-
là, ils me feront plaisir, je les estimerai. D'ailleurs, cela
m'aiderait à démêler[4] Dorante. A l'égard de son valet, je
ne crains pas ses soupirs, ils n'oseront m'aborder, il y
aura quelque chose dans ma physionomie qui inspirera
plus de respect que d'amour à ce faquin[5]-là.

MARIO. Allons doucement, ma sœur, ce faquin-là sera
votre égal.

MONSIEUR ORGON. Et ne manquera pas de t'aimer.

SILVIA. Eh bien, l'honneur de lui plaire ne me sera pas
21 inutile ; les valets sont naturellement indiscrets, l'amour
est babillard, et j'en ferai l'historien[1] de son maître.

UN VALET. Monsieur, il vient d'arriver un domestique qui
demande à vous parler ; il est suivi d'un crocheteu[2] qui
porte une valise.

MONSIEUR ORGON. Qu'il entre : c'est sans doute le valet
de Dorante ; son maître peut être resté au bureau[3] pour
affaires. Où est Lisette ?

SILVIA. Lisette s'habille, et, dans son miroir, nous trouve
30 très imprudents de lui livrer Dorante, elle aura bientôt
fait[4].

MONSIEUR ORGON. Doucement, on vient.

Scène 6

DORANTE, *en valet*, MONSIEUR ORGON, SILVIA, MARIO

DORANTE. Je cherche Monsieur Orgon, n'est-ce pas à lui à
qui j'ai l'honneur de faire la révérence ?

MONSIEUR ORGON. Oui, mon ami, c'est à lui-même.

DORANTE. Monsieur, vous avez sans doute reçu de nos
nouvelles, j'appartiens[5] à Monsieur Dorante, qui me
suit, et qui m'envoie toujours devant vous assurer de ses
respects, en attendant qu'il vous en assure lui-même.

MONSIEUR ORGON. Tu fais ta commission de fort bonne
grâce ; Lisette, que dis-tu de ce garçon-là ?

SILVIA. Moi, Monsieur, je dis qu'il est bienvenu, et qu'il
11 promet.

DORANTE. Vous avez bien de la bonté, je fais du mieux
qu'il m'est possible.

MARIO. Il n'est pas mal tourné au moins, ton cœur n'a qu'à
bien se tenir, Lisette.

SILVIA. Mon cœur, c'est bien des affaires[1].

DORANTE. Ne vous fâchez pas, Mademoiselle[2], ce que dit
Monsieur ne m'en fait point accroire[3].

SILVIA. Cette modestie-là me plaît, continuez de même.

MARIO. Fort bien ! Mais il me semble que ce nom de
21 Mademoiselle qu'il te donne est bien sérieux ; entre gens
comme vous, le style des compliments ne doit pas être
si grave, vous seriez toujours sur le qui-vive ; allons,
traitez-vous plus commodément, tu as nom Lisette, et
toi mon garçon, comment t'appelles-tu ?

DORANTE. Bourguignon[4], Monsieur, pour vous servir.

SILVIA. Eh bien, Bourguignon, soit !

DORANTE. Va donc pour Lisette, je n'en serai pas moins
votre serviteur.

MARIO. Votre serviteur, ce n'est point encore là votre
31 jargon, c'est ton serviteur qu'il faut dire.

MONSIEUR ORGON. Ah ! ah ! ah ! ah !

SILVIA, *bas à Mario.* Vous me jouez[5], mon frère.

DORANTE. A l'égard du tutoiement, j'attends les ordres de
Lisette.

SILVIA. Fais comme tu voudras, Bourguignon ; voilà la
glace rompue, puisque cela divertit ces Messieurs.

DORANTE. Je t'en remercie, Lisette, et je réponds sur-le-
champ à l'honneur que tu me fais.

MONSIEUR ORGON. Courage, mes enfants, si vous

41 commencez à vous aimer, vous voilà débarrassés des
cérémonies.

MARIO. Oh, doucement, s'aimer, c'est une autre affaire ;
vous ne savez peut-être pas que j'en veux au cœur de
Lisette, moi qui vous parle. Il est vrai qu'il m'est cruel,
mais je ne veux pas que Bourguignon aille sur mes
brisées[1].

SILVIA. Oui, le prenez-vous sur ce ton-là, et moi, je veux
que Bourguignon m'aime.

DORANTE. Tu te fais tort de dire je veux, belle Lisette ; tu
51 n'as pas besoin d'ordonner pour être servie.

MARIO. Mons Bourguignon, vous avez pillé cette galan-
terie-là[2] quelque part.

DORANTE. Vous avez raison, Monsieur, c'est dans ses yeux
que je l'ai prise.

MARIO. Tais-toi, c'est encore pis, je te défends d'avoir tant
d'esprit.

SILVIA. Il ne l'a pas à vos dépens, et s'il en trouve dans
mes yeux, il n'a qu'à prendre.

MONSIEUR ORGON. Mon fils, vous perdrez votre procès[3] ;
61 retirons-nous, Dorante va venir, allons le dire à ma
fille ; et vous, Lisette, montrez à ce garçon l'appartement
de son maître. Adieu, Bourguignon.

DORANTE. Monsieur, vous me faites trop d'honneur[4].

Scène 7

SILVIA, DORANTE

SILVIA, *à part.* Ils se donnent la comédie[5], n'importe, met-
tons tout à profit ; ce garçon-ci n'est pas sot, et je ne

plains pas la soubrette qui l'aura. Il va m'en conter[1],
laissons-le dire, pourvu qu'il m'instruise.

DORANTE, *à part.* Cette fille-ci m'étonne, il n'y a point de
femme au monde à qui sa physionomie ne fît honneur :
lions connaissance avec elle. *(Haut.)* Puisque nous sommes dans le style amical et que nous avons abjuré les
façons[2], dis-moi, Lisette, ta maîtresse te vaut-elle ? Elle
10 est bien hardie d'oser avoir une femme de chambre
comme toi.

SILVIA. Bourguignon, cette question-là m'annonce que, suivant la coutume, tu arrives avec l'intention de me dire
des douceurs, n'est-il pas vrai ?

DORANTE. Ma foi, je n'étais pas venu dans ce dessein-là, je
te l'avoue ; tout valet que je suis, je n'ai jamais eu de
grandes liaisons avec les soubrettes, je n'aime pas
l'esprit domestique ; mais à ton égard c'est une autre
affaire ; comment donc, tu me soumets, je suis presque
20 timide, ma familiarité n'oserait s'apprivoiser avec toi,
j'ai toujours envie d'ôter mon chapeau de dessus ma
tête, et quand je te tutoie, il me semble que je jure ;
enfin j'ai un penchant à te traiter avec des respects qui
te feraient rire. Quelle espèce de suivante[3] es-tu donc
avec ton air de princesse ?

SILVIA. Tiens, tout ce que tu dis avoir senti en me voyant
est précisément l'histoire de tous les valets qui m'ont
vue.

DORANTE. Ma foi, je ne serais pas surpris quand ce serait
30 aussi l'histoire de tous les maîtres.

SILVIA. Le trait est joli assurément ; mais je te le répète
encore, je ne suis point faite aux cajoleries[4] de ceux dont
la garde-robe ressemble à la tienne.

DORANTE. C'est-à-dire que ma parure ne te plaît pas ?

SILVIA. Non, Bourguignon ; laissons là l'amour, et soyons bons amis.

DORANTE. Rien que cela ? Ton petit traité n'est composé que de deux clauses impossibles.

SILVIA, *à part*. Quel homme pour un valet ! *(Haut.)* Il faut
40 pourtant qu'il s'exécute [1], on m'a prédit que je n'épouserais jamais qu'un homme de condition [2], et j'ai juré depuis de n'en écouter jamais d'autres.

DORANTE. Parbleu, cela est plaisant, ce que tu as juré pour homme, je l'ai juré pour femme, moi, j'ai fait serment de n'aimer sérieusement qu'une fille de condition.

SILVIA. Ne t'écarte donc pas de ton projet.

DORANTE. Je ne m'en écarte peut-être pas tant que nous le croyons, tu as l'air bien distingué, et l'on est quelquefois fille de condition sans le savoir.

SILVIA. Ah, ah, ah, je te remercierais de ton éloge, si ma
51 mère n'en faisait pas les frais.

DORANTE. Eh bien, venge-toi sur la mienne, si tu me trouves assez bonne mine pour cela.

SILVIA, *à part*. Il le mériterait. *(Haut.)* Mais ce n'est pas là de quoi il est question ; trêve de badinage, c'est un homme de condition qui m'est prédit pour époux, et je n'en rabattrai [3] rien.

DORANTE. Parbleu, si j'étais tel, la prédiction me menacerait, j'aurais peur de la vérifier, je n'ai point de foi à
60 l'astrologie, mais j'en ai beaucoup à ton visage.

SILVIA, *à part*. Il ne tarit point... *(Haut.)* Finiras-tu, que t'importe la prédiction puisqu'elle t'exclut ?

DORANTE. Elle n'a pas prédit que je ne t'aimerais point.

SILVIA. Non, mais elle a dit que tu n'y gagnerais rien, et moi je te le confirme.

DORANTE. Tu fais fort bien, Lisette, cette fierté-là te va à
merveille, et quoiqu'elle me fasse mon procès, je suis
pourtant bien aise de te la voir ; je te l'ai souhaitée
d'abord que je t'ai vue, il te fallait encore cette grâce-là,
70 et je me console d'y perdre, parce que tu y gagnes.

SILVIA, *à part.* Mais en vérité, voilà un garçon qui me
surprend malgré que j'en aie[1]... *(Haut.)* Dis-moi, qui
es-tu toi qui me parles ainsi ?

DORANTE. Le fils d'honnêtes gens qui n'étaient pas
riches.

SILVIA. Va, je te souhaite de bon cœur une meilleure situation que la tienne, et je voudrais pouvoir y contribuer ;
la fortune a tort avec toi.

DORANTE. Ma foi, l'amour a plus de tort qu'elle, j'aimerais
80 mieux qu'il me fût permis de te demander ton cœur, que
d'avoir tous les biens du monde.

SILVIA, *à part.* Nous voilà grâce au Ciel en conversation
réglée. *(Haut.)* Bourguignon, je ne saurais me fâcher des
discours que tu me tiens ; mais je t'en prie, changeons
d'entretien, venons à ton maître ; tu peux te passer de
me parler d'amour, je pense ?

DORANTE. Tu pourrais bien te passer de m'en faire sentir,
toi.

SILVIA. Ahi, je me fâcherai, tu m'impatientes, encore une
90 fois laisse là ton amour.

DORANTE. Quitte donc ta figure.

SILVIA, *à part.* A la fin, je crois qu'il m'amuse... *(Haut.)* Eh
bien, Bourguignon, tu ne veux donc pas finir, faudra-t-il
que je te quitte ? *(A part.)* Je devrais déjà l'avoir fait.

DORANTE. Attends, Lisette, je voulais moi-même te parler
d'autre chose ; mais je ne sais plus ce que c'est.

SILVIA. J'avais de mon côté quelque chose à te dire ; mais tu m'as fait perdre mes idées aussi, à moi.

DORANTE. Je me rappelle de t'avoir demandé si ta maî-
100 tresse te valait.

SILVIA. Tu reviens à ton chemin par un détour, adieu.

DORANTE. Eh non, te dis-je, Lisette, il ne s'agit ici que de mon maître.

SILVIA. Eh bien soit ! je voulais te parler de lui aussi, et j'espère que tu voudras bien me dire confidemment[1] ce qu'il est ; ton attachement pour lui m'en donne bonne opinion, il faut qu'il ait du mérite puisque tu le sers.

DORANTE. Tu me permettras peut-être bien de te remercier de ce que tu me dis là, par exemple ?

SILVIA. Veux-tu bien ne prendre pas garde à l'imprudence
111 que j'ai eue de le dire ?

DORANTE. Voilà encore de ces réponses qui m'emportent[2] ; fais comme tu voudras, je n'y résiste point, et je suis bien malheureux de me trouver arrêté[3] par tout ce qu'il y a de plus aimable au monde.

SILVIA. Et moi, je voudrais bien savoir comment il se fait que j'ai la bonté de t'écouter, car assurément, cela est singulier.

DORANTE. Tu as raison, notre aventure est unique.

SILVIA, *à part*. Malgré tout ce qu'il m'a dit, je ne suis point
121 partie, je ne pars point, me voilà encore, et je réponds ! En vérité, cela passe la raillerie. *(Haut.)* Adieu.

DORANTE. Achevons donc ce que nous voulions dire.

SILVIA. Adieu, te dis-je, plus de quartier[4]. Quand ton maître sera venu, je tâcherai en faveur de ma maîtresse de le connaître par moi-même, s'il en vaut la peine ; en attendant, tu vois cet appartement, c'est le vôtre.

DORANTE. Tiens, voici mon maître.

Scène 8

DORANTE, SILVIA, ARLEQUIN

ARLEQUIN. Ah, te voilà, Bourguignon ; mon porte-man-
teau[1] et toi, avez-vous été bien reçus ici ?

DORANTE. Il n'était pas possible qu'on nous reçût mal,
Monsieur.

ARLEQUIN. Un domestique là-bas m'a dit d'entrer ici, et
qu'on allait avertir mon beau-père qui était avec ma
femme.

SILVIA. Vous voulez dire Monsieur Orgon et sa fille, sans
doute, Monsieur ?

ARLEQUIN. Eh oui, mon beau-père et ma femme, autant
11 vaut ; je viens pour épouser[2], et ils m'attendent pour
être mariés ; cela est convenu, il ne manque plus que la
cérémonie, qui est une bagatelle.

SILVIA. C'est une bagatelle qui vaut bien la peine qu'on y
pense.

ARLEQUIN. Oui, mais quand on y a pensé on n'y pense
plus.

SILVIA, *bas à Dorante*. Bourguignon, on est homme de
mérite à bon marché chez vous, ce me semble ?

ARLEQUIN. Que dites-vous là à mon valet, la belle ?

SILVIA. Rien, je lui dis seulement que je vais faire descen-
22 dre Monsieur Orgon.

ARLEQUIN. Et pourquoi ne pas dire mon beau-père,
comme moi ?

SILVIA. C'est qu'il ne l'est pas encore.

DORANTE. Elle a raison, Monsieur, le mariage n'est pas fait.

ARLEQUIN. Eh bien, me voilà pour le faire.

DORANTE. Attendez donc qu'il soit fait.

ARLEQUIN. Pardi, voilà bien des façons pour un beau-père
31 de la veille ou du lendemain.

SILVIA. En effet, quelle si grande différence y a-t-il entre être marié ou ne l'être pas ? Oui, Monsieur, nous avons tort, et je cours informer votre beau-père de votre arrivée.

ARLEQUIN. Et ma femme aussi, je vous prie ; mais avant que de partir, dites-moi une chose, vous qui êtes si jolie, n'êtes-vous pas la soubrette de l'hôtel[1] ?

SILVIA. Vous l'avez dit.

ARLEQUIN. C'est fort bien fait[2], je m'en réjouis : croyez-
41 vous que je plaise ici, comment me trouvez-vous ?

SILVIA. Je vous trouve... plaisant.

ARLEQUIN. Bon, tant mieux, entretenez-vous[3] dans ce sentiment-là, il pourra trouver sa place.

SILVIA. Vous êtes bien modeste de vous en contenter, mais je vous quitte, il faut qu'on ait oublié d'avertir votre beau-père, car assurément il serait venu, et j'y vais.

ARLEQUIN. Dites-lui que je l'attends avec affection.

SILVIA, *à part*. Que le sort est bizarre ! aucun de ces deux
50 hommes n'est à sa place.

Scène 9

DORANTE, ARLEQUIN

ARLEQUIN. Eh bien, Monsieur, mon commencement va
 bien ; je plais déjà à la soubrette.

DORANTE. Butor[1] que tu es !

ARLEQUIN. Pourquoi donc, mon entrée a été si gentille.

DORANTE. Tu m'avais tant promis de laisser là tes façons
 de parler sottes et triviales, je t'avais donné de si bonnes
 instructions, je ne t'avais recommandé que d'être
 sérieux. Va, je vois bien que je suis un étourdi de m'en
 être fié à toi.

ARLEQUIN. Je ferai encore mieux dans les suites, et
 11 puisque le sérieux n'est pas suffisant, je donnerai du
 mélancolique, je pleurerai, s'il le faut.

DORANTE. Je ne sais plus où j'en suis ; cette aventure-ci
 m'étourdit : que faut-il que je fasse ?

ARLEQUIN. Est-ce que la fille n'est pas plaisante ?

DORANTE. Tais-toi ; voici Monsieur Orgon qui vient.

Scène 10

MONSIEUR ORGON, DORANTE, ARLEQUIN

MONSIEUR ORGON. Mon cher Monsieur, je vous
 demande mille pardons de vous avoir fait attendre ;
 mais ce n'est que de cet instant[2] que j'apprends que
 vous êtes ici.

ARLEQUIN. Monsieur, mille pardons, c'est beaucoup trop et il n'en faut qu'un quand on n'a fait qu'une faute ; au surplus, tous mes pardons sont à votre service.

MONSIEUR ORGON. Je tâcherai de n'en avoir pas besoin.

ARLEQUIN. Vous êtes le maître, et moi votre serviteur.

MONSIEUR ORGON. Je suis, je vous assure, charmé de 12 vous voir, et je vous attendais avec impatience.

ARLEQUIN. Je serais d'abord venu ici avec Bourguignon ; mais quand on arrive de voyage, vous savez qu'on est si mal bâti[1], et j'étais bien aise de me présenter dans un état plus ragoûtant[2].

MONSIEUR ORGON. Vous y avez fort bien réussi ; ma fille s'habille, elle a été un peu indisposée ; en attendant qu'elle descende, voulez-vous vous rafraîchir ?

ARLEQUIN. Oh ! je n'ai jamais refusé de trinquer avec 21 personne.

MONSIEUR ORGON. Bourguignon, ayez soin de vous, mon garçon.

ARLEQUIN. Le gaillard est gourmet, il boira du meilleur.

MONSIEUR ORGON. Qu'il ne l'épargne pas.

Acte II

Scène 1

LISETTE, MONSIEUR ORGON

MONSIEUR ORGON. Eh bien, que me veux-tu, Lisette ?

LISETTE. J'ai à vous entretenir[1] un moment.

MONSIEUR ORGON. De quoi s'agit-il ?

LISETTE. De vous dire l'état où sont les choses, parce qu'il est important que vous en soyez éclairci, afin que vous n'ayez point à vous plaindre de moi.

MONSIEUR ORGON. Ceci est donc bien sérieux ?

LISETTE. Oui, très sérieux. Vous avez consenti au déguisement de Mademoiselle Silvia, moi-même je l'ai trouvé
10 d'abord sans conséquence, mais je me suis trompée.

MONSIEUR ORGON. Et de quelle conséquence est-il donc ?

LISETTE. Monsieur, on a de la peine à se louer soi-même, mais malgré toutes les règles de la modestie, il faut pourtant que je vous dise que si vous ne mettez ordre à ce qui arrive, votre prétendu n'aura plus de cœur à donner à Mademoiselle votre fille ; il est temps qu'elle se déclare, cela presse, car un jour plus tard, je n'en réponds plus.

MONSIEUR ORGON. Eh ! d'où vient qu'il ne voudra plus

21 de ma fille, quand il la connaîtra, te défies-tu de ses charmes ?

LISETTE. Non ; mais vous ne vous méfiez pas assez des miens, je vous avertis qu'ils vont leur train, et que je ne vous conseille pas de les laisser faire.

MONSIEUR ORGON. Je vous en fais mes compliments, Lisette. *(Il rit.)* Ah, ah, ah !

LISETTE. Nous y voilà ; vous plaisantez, Monsieur, vous vous moquez de moi, j'en suis fâchée, car vous y serez 30 pris.

MONSIEUR ORGON. Ne t'en embarrasse pas, Lisette, va ton chemin.

LISETTE. Je vous le répète encore, le cœur de Dorante va bien vite ; tenez, actuellement je lui plais beaucoup, ce soir il m'aimera, il m'adorera demain ; je ne le mérite pas, il est de mauvais goût, vous en direz ce qu'il vous plaira ; mais cela ne laissera pas que d'être[1], voyez-vous, demain je me garantis adorée.

MONSIEUR ORGON. Eh bien, que vous importe : s'il vous 40 aime tant, qu'il vous épouse.

LISETTE. Quoi ! vous ne l'en empêcheriez pas ?

MONSIEUR ORGON. Non, d'homme d'honneur, si tu le mènes jusque-là.

LISETTE. Monsieur, prenez-y garde, jusqu'ici je n'ai pas aidé à mes appas[2], je les ai laissés faire tout seuls ; j'ai ménagé sa tête : si je m'en mêle, je la renverse, il n'y aura plus de remède.

MONSIEUR ORGON. Renverse, ravage, brûle, enfin épouse, je te le permets si tu le peux.

LISETTE. Sur ce pied-là[3] je compte ma fortune faite.

Maurice Escande, Hélène Perdrière, Gisèle Casadesus, Jacques Charon (Comédie-Française, 1953).

MONSIEUR ORGON. Mais dis-moi, ma fille t'a-t-elle parlé,
52 que pense-t-elle de son prétendu ?

LISETTE. Nous n'avons encore guère trouvé le moment de
nous parler, car ce prétendu m'obsède[1], mais à vue de
pays[2], je ne la crois pas contente, je la trouve triste,
rêveuse, et je m'attends bien qu'elle me priera de le
rebuter[3].

MONSIEUR ORGON. Et moi, je te le défends ; j'évite de
m'expliquer avec elle, j'ai mes raisons pour faire durer
60 ce déguisement ; je veux qu'elle examine son futur plus à
loisir. Mais le valet, comment se gouverne[4]-t-il ? ne se
mêle-t-il pas d'aimer ma fille ?

LISETTE. C'est un original, j'ai remarqué qu'il fait l'homme
de conséquence[5] avec elle, parce qu'il est bien fait ; il la
regarde et soupire.

MONSIEUR ORGON. Et cela la fâche ?

LISETTE. Mais... elle rougit.

MONSIEUR ORGON. Bon, tu te trompes ; les regards d'un
69 valet ne l'embarrassent pas jusque-là.

LISETTE. Monsieur, elle rougit.

MONSIEUR ORGON. C'est donc d'indignation.

LISETTE. A la bonne heure.

MONSIEUR ORGON. Eh bien, quand tu lui parleras, dis-lui
que tu soupçonnes ce valet de la prévenir[6] contre son
maître ; et si elle se fâche, ne t'en inquiète point, ce sont
mes affaires. Mais voici Dorante qui te cherche apparemment.

Scène 2

LISETTE, ARLEQUIN, MONSIEUR ORGON

ARLEQUIN. Ah, je vous retrouve, merveilleuse dame, je
  vous demandais à tout le monde ; serviteur[1], cher beau-
  père, ou peu s'en faut.

MONSIEUR ORGON. Serviteur : Adieu, mes enfants, je
  vous laisse ensemble ; il est bon que vous vous aimiez
  un peu avant que de vous marier.

ARLEQUIN. Je ferais bien ces deux besognes-là à la fois,
  moi.

MONSIEUR ORGON. Point d'impatience, adieu.

Scène 3

LISETTE, ARLEQUIN

ARLEQUIN. Madame, il dit que je ne m'impatiente pas ; il
  en parle bien à son aise, le bonhomme[2].

LISETTE. J'ai de la peine à croire qu'il vous en coûte tant
  d'attendre, Monsieur, c'est par galanterie que vous faites
  l'impatient, à peine êtes-vous arrivé ! Votre amour ne
  saurait être bien fort, ce n'est tout au plus qu'un amour
  naissant.

ARLEQUIN. Vous vous trompez, prodige de nos jours, un
  amour de votre façon[3] ne reste pas longtemps au
  10 berceau ; votre premier coup d'œil a fait naître le mien,
  le second lui a donné des forces et le troisième l'a rendu

grand garçon ; tâchons de l'établir[1] au plus vite, ayez soin de lui puisque vous êtes sa mère.

LISETTE. Trouvez-vous qu'on le maltraite, est-il si abandonné ?

ARLEQUIN. En attendant qu'il soit pourvu[2], donnez-lui seulement votre belle main blanche, pour l'amuser[3] un peu.

LISETTE. Tenez donc, petit importun, puisqu'on ne saurait
20 avoir la paix qu'en vous amusant.

ARLEQUIN, *lui baisant la main.* Cher joujou de mon âme ! cela me réjouit comme du vin délicieux, quel dommage de n'en avoir que roquille[4] !

LISETTE. Allons, arrêtez-vous, vous êtes trop avide.

ARLEQUIN. Je ne demande qu'à me soutenir[5] en attendant que je vive.

LISETTE. Ne faut-il pas avoir de la raison ?

ARLEQUIN. De la raison ! hélas, je l'ai perdue, vos beaux yeux sont les filous qui me l'ont volée.

LISETTE. Mais est-il possible que vous m'aimiez tant ? je
31 ne saurais me le persuader.

ARLEQUIN. Je ne me soucie pas de ce qui est possible, moi ; mais je vous aime comme un perdu, et vous verrez bien dans votre miroir que cela est juste.

LISETTE. Mon miroir ne servirait qu'à me rendre plus incrédule.

ARLEQUIN. Ah ! mignonne adorable, votre humilité ne serait donc qu'une hypocrite[6] !

LISETTE. Quelqu'un vient à nous ; c'est votre valet.

Scène 4
DORANTE, ARLEQUIN, LISETTE

DORANTE. Monsieur, pourrais-je vous entretenir un
   moment ?

ARLEQUIN. Non : maudite soit la valetaille qui ne saurait
   nous laisser en repos !

LISETTE. Voyez ce qu'il nous veut, Monsieur.

DORANTE. Je n'ai qu'un mot à vous dire.

ARLEQUIN. Madame, s'il en dit deux, son congé sera le
   troisième. Voyons ?

DORANTE, *bas à Arlequin.* Viens donc, impertinent.

ARLEQUIN, *bas à Dorante.* Ce sont des injures, et non pas
 11 des mots, cela... *(A Lisette.)* Ma reine, excusez.

LISETTE. Faites, faites.

DORANTE, *bas.* Débarrasse-moi de tout ceci, ne te livre[1]
   point ; parais sérieux et rêveur, et même mécontent,
   entends-tu ?

ARLEQUIN. Oui, mon ami, ne vous inquiétez pas, et
   retirez-vous.

Scène 5
ARLEQUIN, LISETTE

ARLEQUIN. Ah ! Madame, sans lui j'allais vous dire de
   belles choses, et je n'en trouverai plus que de communes
   à cette heure, hormis mon amour qui est extraordinaire.

Mais à propos de mon amour, quand est-ce que le vôtre lui tiendra compagnie ?

LISETTE. Il faut espérer que cela viendra.

ARLEQUIN. Et croyez-vous que cela vienne ?

LISETTE. La question est vive ; savez-vous bien que vous 9 m'embarrassez ?

ARLEQUIN. Que voulez-vous ? Je brûle, et je crie au feu.

LISETTE. S'il m'était permis de m'expliquer si vite...

ARLEQUIN. Je suis du sentiment que vous le pouvez en conscience.

LISETTE. La retenue de mon sexe ne le veut pas.

ARLEQUIN. Ce n'est donc pas la retenue d'à présent qui donne bien d'autres permissions.

LISETTE. Mais, que me demandez-vous ?

ARLEQUIN. Dites-moi un petit brin que vous m'aimez ; tenez, je vous aime, moi, faites l'écho, répétez, Prin-20 cesse.

LISETTE. Quel insatiable ! Eh bien, Monsieur, je vous aime.

ARLEQUIN. Eh bien, Madame, je me meurs ; mon bonheur me confond, j'ai peur d'en courir les champs[1]. Vous m'aimez, cela est admirable !

LISETTE. J'aurais lieu à mon tour d'être étonnée de la promptitude de votre hommage ; peut-être m'aimerez-vous moins quand nous nous connaîtrons mieux.

ARLEQUIN. Ah, Madame, quand nous en serons là j'y per-30 drai beaucoup, il y aura bien à décompter[2].

LISETTE. Vous me croyez plus de qualités que je n'en ai.

ARLEQUIN. Et vous, Madame, vous ne savez pas les miennes ; et je ne devrais vous parler qu'à genoux.

LISETTE. Souvenez-vous qu'on n'est pas les maîtres de son sort.

ARLEQUIN. Les pères et mères font tout à leur tête.

LISETTE. Pour moi, mon cœur vous aurait choisi, dans 39 quelque état[1] que vous eussiez été.

ARLEQUIN. Il a beau jeu[2] pour me choisir encore.

LISETTE. Puis-je me flatter que vous êtes de même à mon égard ?

ARLEQUIN. Hélas, quand vous ne seriez que Perrette ou Margot, quand je vous aurais vue, le martinet[3] à la main, descendre à la cave, vous auriez toujours été ma Princesse.

LISETTE. Puissent de si beaux sentiments être durables !

ARLEQUIN. Pour les fortifier de part et d'autre, jurons-nous de nous aimer toujours, en dépit de toutes les 50 fautes d'orthographe[4] que vous aurez faites sur mon compte.

LISETTE. J'ai plus d'intérêt à ce serment-là que vous, et je le fais de tout mon cœur.

ARLEQUIN *se met à genoux.* Votre bonté m'éblouit, et je me prosterne devant elle.

LISETTE. Arrêtez-vous, je ne saurais vous souffrir dans cette posture-là, je serais ridicule de vous y laisser ; levez-vous. Voilà encore quelqu'un.

Scène 6

LISETTE, ARLEQUIN, SILVIA

LISETTE. Que voulez-vous, Lisette ?

SILVIA. J'aurais à vous parler, Madame.

ARLEQUIN. Ne voilà-t-il pas[1] ! Eh m'amie, revenez dans un quart d'heure, allez, les femmes de chambre de mon pays n'entrent point qu'on ne les appelle.

SILVIA. Monsieur, il faut que je parle à Madame.

ARLEQUIN. Mais voyez l'opiniâtre soubrette ! Reine de ma vie, renvoyez-la. Retournez-vous-en, ma fille. Nous avons ordre de nous aimer avant qu'on nous marie,
10 n'interrompez point nos fonctions.

LISETTE. Ne pouvez-vous pas revenir dans un moment, Lisette ?

SILVIA. Mais, Madame...

ARLEQUIN. Mais ! ce mais-là n'est bon qu'à me donner la fièvre.

SILVIA, *à part les premiers mots.* Ah le vilain homme ! Madame, je vous assure que cela est pressé.

LISETTE. Permettez donc que je m'en défasse, Monsieur.

ARLEQUIN. Puisque le diable le veut, et elle aussi... pa-
20 tience... je me promènerai en attendant qu'elle ait fait[2]. Ah, les sottes gens que nos gens !

Scène 7

SILVIA, LISETTE

SILVIA. Je vous trouve admirable de ne pas le renvoyer tout d'un coup, et de me faire essuyer les brutalités[3] de cet animal-là.

LISETTE. Pardi, Madame, je ne puis pas jouer deux rôles à la fois ; il faut que je paraisse, ou la maîtresse, ou la suivante, que j'obéisse ou que j'ordonne.

SILVIA. Fort bien ; mais puisqu'il n'y est plus, écoutez-
moi comme votre maîtresse : vous voyez bien que cet
9 homme-là ne me convient point.

LISETTE. Vous n'avez pas eu le temps de l'examiner beaucoup.

SILVIA. Êtes-vous folle avec votre examen ? Est-il nécessaire de le voir deux fois pour juger du peu de conve-
nance ? En un mot, je n'en veux point. Apparemment
que mon père n'approuve pas la répugnance qu'il me
voit, car il me fuit, et ne me dit mot ; dans cette
conjoncture[1], c'est à vous à me tirer tout doucement
d'affaire, en témoignant adroitement à ce jeune
19 homme que vous n'êtes pas dans le goût de l'épouser.

LISETTE. Je ne saurais, Madame.

SILVIA. Vous ne sauriez ! Et qu'est-ce qui vous en empêche ?

LISETTE. Monsieur Orgon me l'a défendu.

SILVIA. Il vous l'a défendu ! Mais je ne reconnais point
mon père à ce procédé-là.

LISETTE. Positivement défendu.

SILVIA. Eh bien, je vous charge de lui dire mes dégoûts, et
de l'assurer qu'ils sont invincibles ; je ne saurais me
persuader qu'après cela il veuille pousser les choses plus
30 loin.

LISETTE. Mais, Madame, le futur, qu'a-t-il donc de si désa-
gréable, de si rebutant[2] ?

SILVIA. Il me déplaît, vous dis-je, et votre peu de zèle
aussi.

LISETTE. Donnez-vous le temps de voir ce qu'il est, voilà
tout ce qu'on vous demande.

SILVIA. Je le hais assez sans prendre du temps pour le haïr
davantage.

LISETTE. Son valet qui fait l'important ne vous aurait-il
40 point gâté l'esprit sur son compte ?

SILVIA. Hum, la sotte ! son valet a bien affaire ici !

LISETTE. C'est que je me méfie de lui, car il est raisonneur.

SILVIA. Finissez vos portraits, on n'en a que faire ; j'ai soin
que ce valet me parle peu, et dans le peu qu'il m'a dit, il
ne m'a jamais rien dit que de très sage.

LISETTE. Je crois qu'il est homme à vous avoir conté des
histoires maladroites, pour faire briller son bel esprit.

SILVIA. Mon déguisement ne m'expose-t-il pas à m'enten-
50 dre dire de jolies choses ! A qui en avez-vous ? D'où
vous vient la manie d'imputer à ce garçon une répugnance à laquelle il n'a point de part ? Car enfin, vous
m'obligez à le justifier ; il n'est pas question de le brouiller avec son maître, ni d'en faire un fourbe, pour me
faire, moi, une imbécile qui écoute ses histoires.

LISETTE. Oh, Madame, dès que[1] vous le défendez sur ce
ton-là, et que cela va jusqu'à vous fâcher, je n'ai plus
rien à dire.

SILVIA. Dès que je le défends sur ce ton-là ! Qu'est-ce que
60 c'est que le ton dont vous dites cela vous-même ?
Qu'entendez-vous par ce discours, que se passe-t-il dans
votre esprit ?

LISETTE. Je dis, Madame, que je ne vous ai jamais vue
comme vous êtes, et que je ne conçois rien à votre
aigreur. Eh bien, si ce valet n'a rien dit, à la bonne
heure, il ne faut pas vous emporter pour le justifier, je
vous crois, voilà qui est fini, je ne m'oppose pas à la
bonne opinion que vous en avez, moi.

SILVIA. Voyez-vous le mauvais esprit, comme elle tourne
70 les choses ! Je me sens dans une indignation... qui... va
jusqu'aux larmes...

LISETTE. En quoi donc, Madame ? Quelle finesse entendez-
vous à ce que je dis ?

SILVIA. Moi, j'y entends finesse ! moi, je vous querelle pour
lui ! j'ai bonne opinion de lui ! Vous me manquez de
respect jusque-là ! Bonne opinion, juste Ciel ! bonne opinion ! Que faut-il que je réponde à cela ? Qu'est-ce que
cela veut dire, à qui parlez-vous ? Qui est-ce qui est à
79 l'abri de ce qui m'arrive, où en sommes-nous ?

LISETTE. Je n'en sais rien, mais je ne reviendrai de longtemps de la surprise où vous me jetez.

SILVIA. Elle a des façons de parler qui me mettent hors de
moi ; retirez-vous, vous m'êtes insupportable, laissez-
moi, je prendrai d'autres mesures.

Scène 8
SILVIA

SILVIA. Je frissonne encore de ce que je lui ai entendu dire ;
avec quelle impudence les domestiques ne nous traitent-
ils pas dans leur esprit ? Comme ces gens-là vous dégra-
dent[1] ! Je ne saurais m'en remettre, je n'oserais songer
aux termes dont elle s'est servie, ils me font toujours
peur. Il s'agit d'un valet : ah l'étrange chose ! Écartons
l'idée dont cette insolente est venue me noircir l'imagination. Voici Bourguignon, voilà cet objet[2] en question
pour lequel je m'emporte ; mais ce n'est pas sa faute, le
10 pauvre garçon, et je ne dois pas m'en prendre à lui.

Scène 9

DORANTE, SILVIA

DORANTE. Lisette, quelque éloignement[1] que tu aies pour moi, je suis forcé de te parler, je crois que j'ai à me plaindre de toi.

SILVIA. Bourguignon, ne nous tutoyons plus, je t'en prie.

DORANTE. Comme tu voudras.

SILVIA. Tu n'en fais pourtant rien.

DORANTE. Ni toi non plus, tu me dis : je t'en prie.

SILVIA. C'est que cela m'a échappé.

DORANTE. Eh bien, crois-moi, parlons comme nous pour-
10 rons ; ce n'est pas la peine de nous gêner pour le peu de temps que nous avons à nous voir.

SILVIA. Est-ce que ton maître s'en va ? Il n'y aurait pas grande perte.

DORANTE. Ni à moi[2] non plus, n'est-il pas vrai ? J'achève ta pensée.

SILVIA. Je l'achèverais bien moi-même si j'en avais envie : mais je ne songe pas à toi.

DORANTE. Et moi, je ne te perds point de vue.

SILVIA. Tiens, Bourguignon, une bonne fois pour toutes,
20 demeure, va-t'en, reviens, tout cela doit m'être indiffé-rent, et me l'est en effet, je ne te veux ni bien ni mal, je ne te hais, ni ne t'aime, ni ne t'aimerai, à moins que l'esprit ne me tourne[3]. Voilà mes dispositions, ma rai-son ne m'en permet point d'autres, et je devrais me dispenser de te le dire.

DORANTE. Mon malheur est inconcevable, tu m'ôtes peut-
être tout le repos de ma vie.

SILVIA. Quelle fantaisie il s'est allé mettre dans l'esprit ! Il
me fait de la peine : reviens à toi ; tu me parles, je te
30 réponds, c'est beaucoup, c'est trop même, tu peux m'en
croire, et si tu étais instruit, en vérité, tu serais content
de moi, tu me trouverais d'une bonté sans exemple,
d'une bonté que je blâmerais dans une autre. Je ne me la
reproche pourtant pas, le fond de mon cœur me rassure,
ce que je fais est louable, c'est par générosité que je te
parle ; mais il ne faut pas que cela dure, ces générosités-
là ne sont bonnes qu'en passant, et je ne suis pas faite
pour me rassurer toujours sur l'innocence de mes inten-
tions ; à la fin, cela ne ressemblerait plus à rien. Ainsi
40 finissons, Bourguignon ; finissons je t'en prie ; qu'est-ce
que cela signifie ? c'est se moquer, allons, qu'il n'en soit
plus parlé.

DORANTE. Ah, ma chère Lisette, que je souffre !

SILVIA. Venons à ce que tu voulais me dire ; tu te plaignais
de moi quand tu es entré, de quoi était-il question ?

DORANTE. De rien, d'une bagatelle, j'avais envie de te
voir, et je crois que je n'ai pris qu'un prétexte.

SILVIA, *à part*. Que dire à cela ? Quand je m'en fâcherais, il
n'en serait ni plus ni moins.

DORANTE. Ta maîtresse en partant a paru m'accuser de
51 t'avoir parlé au désavantage de mon maître.

SILVIA. Elle se l'imagine, et si elle t'en parle encore, tu peux
le nier hardiment, je me charge du reste.

DORANTE. Eh, ce n'est pas cela qui m'occupe !

SILVIA. Si tu n'as que cela à me dire, nous n'avons plus que
faire ensemble.

DORANTE. Laissez-moi du moins le plaisir de te voir.

SILVIA. Le beau motif qu'il me fournit là ! J'amuserai[1] la
    passion de Bourguignon ! Le souvenir de tout ceci me
    60 fera bien rire un jour...

DORANTE. Tu me railles, tu as raison, je ne sais ce que je
    dis, ni ce que je te demande. Adieu.

SILVIA. Adieu, tu prends le bon parti... Mais, à propos de
    tes adieux, il me reste encore une chose à savoir : vous
    partez, m'as-tu dit, cela est-il sérieux ?

DORANTE. Pour moi, il faut que je parte, ou que la tête me
    tourne.

SILVIA. Je ne t'arrêtais[2] pas pour cette réponse-là, par
    exemple.

DORANTE. Et je n'ai fait qu'une faute, c'est de n'être pas
    71 parti dès que je t'ai vue.

SILVIA, *à part.* J'ai besoin à tout moment d'oublier que je
    l'écoute.

DORANTE. Si tu savais, Lisette, l'état où je me trouve...

SILVIA. Oh, il n'est pas si curieux à savoir que le mien, je
    t'en assure.

DORANTE. Que peux-tu me reprocher ? Je ne me propose
    pas de te rendre sensible[3].

SILVIA, *à part.* Il ne faudrait pas s'y fier.

DORANTE. Et que pourrais-je espérer en tâchant de me
    81 faire aimer ? hélas ! quand même j'aurais ton cœur...

SILVIA. Que le ciel m'en préserve ! quand tu l'aurais, tu ne
    le saurais pas, et je ferais si bien que je ne le saurais pas
    moi-même : tenez, quelle idée il lui vient là !

DORANTE. Il est donc bien vrai que tu ne me hais, ni ne
    m'aimes, ni ne m'aimeras ?

SILVIA. Sans difficulté.

DORANTE. Sans difficulté ! Qu'ai-je donc de si affreux ?

SILVIA. Rien, ce n'est pas là ce qui te nuit.

DORANTE. Eh bien, chère Lisette, dis-le-moi cent fois, que
91 tu ne m'aimeras point.

SILVIA. Oh, je te l'ai assez dit, tâche de me croire.

DORANTE. Il faut que je le croie ! Désespère une passion
dangereuse, sauve-moi des effets que j'en crains ; tu ne
me hais, ni ne m'aimes, ni ne m'aimeras ! accable mon
cœur de cette certitude-là. J'agis de bonne foi, donne-
moi du secours contre moi-même, il m'est nécessaire, je
te le demande à genoux.

Il se jette à genoux. Dans ce moment, Monsieur
100 *Orgon et Mario entrent et ne disent mot.*

SILVIA. Ah, nous y voilà ! il ne manquait plus que cette
façon-là à mon aventure ; que je suis malheureuse ! c'est
ma facilité[1] qui le place là ; lève-toi donc. Bourguignon,
je t'en conjure ; il peut venir quelqu'un. Je dirai ce qu'il
te plaira, que me veux-tu ? je ne te hais point, lève-toi,
je t'aimerais si je pouvais, tu ne me déplais point, cela
doit te suffire.

DORANTE. Quoi ! Lisette, si je n'étais pas ce que je suis, si
j'étais riche, d'une condition honnête[2], et que je
110 t'aimasse autant que je t'aime, ton cœur n'aurait point
de répugnance pour moi ?

SILVIA. Assurément.

DORANTE. Tu ne me haïrais pas, tu me souffrirais ?

SILVIA. Volontiers, mais lève-toi.

DORANTE. Tu parais le dire sérieusement ; et si cela est,
ma raison est perdue.

SILVIA. Je dis ce que tu veux, et tu ne te lèves point.

Scène 10

MONSIEUR ORGON, MARIO, SILVIA, DORANTE

MONSIEUR ORGON, *s'approchant.* C'est bien dommage
de vous interrompre, cela va à merveille, mes enfants,
courage !

SILVIA. Je ne saurais empêcher ce garçon de se mettre
à genoux, Monsieur, je ne suis pas en état de lui en
imposer[1], je pense.

MONSIEUR ORGON. Vous vous convenez parfaitement
bien tous deux ; mais j'ai à te dire un mot, Lisette, et
vous reprendrez votre conversation quand nous serons
10 partis : vous le voulez bien, Bourguignon ?

DORANTE. Je me retire, Monsieur.

MONSIEUR ORGON. Allez, et tâchez de parler de votre
maître avec un peu plus de ménagement que vous ne
faites.

DORANTE. Moi, Monsieur !

MARIO. Vous-même, mons Bourguignon ; vous ne brillez
pas trop dans le respect que vous avez pour votre
18 maître, dit-on.

DORANTE. Je ne sais ce qu'on veut dire.

MONSIEUR ORGON. Adieu, adieu ; vous vous justifierez
une autre fois.

Scène 11

SILVIA, MARIO, MONSIEUR ORGON

MONSIEUR ORGON. Eh bien, Silvia, vous ne nous regardez pas, vous avez l'air tout embarrassé[1].

SILVIA. Moi, mon père ! et où serait le motif de mon embarras ? Je suis, grâce au Ciel, comme à mon ordinaire ; je suis fâchée de vous dire que c'est une idée.

MARIO. Il y a quelque chose, ma sœur, il y a quelque chose.

SILVIA. Quelque chose dans votre tête, à la bonne heure, mon frère ; mais, pour dans la mienne, il n'y a que
10 l'étonnement de ce que vous dites.

MONSIEUR ORGON. C'est donc ce garçon qui vient de sortir qui t'inspire cette extrême antipathie que tu as pour son maître ?

SILVIA. Qui ? le domestique de Dorante ?

MONSIEUR ORGON. Oui, le galant Bourguignon.

SILVIA. Le galant Bourguignon, dont je ne savais pas l'épithète, ne me parle pas de lui.

MONSIEUR ORGON. Cependant, on prétend que c'est lui qui le détruit[2] auprès de toi, et c'est sur quoi j'étais bien
20 aise de te parler.

SILVIA. Ce n'est pas la peine, mon père, et personne au monde que son maître ne m'a donné l'aversion naturelle que j'ai pour lui.

MARIO. Ma foi, tu as beau dire, ma sœur, elle est trop forte pour être si naturelle, et quelqu'un y a aidé.

SILVIA, *avec vivacité.* Avec quel air mystérieux vous me
dites cela, mon frère ! Et qui est donc ce quelqu'un qui y
a aidé ? Voyons.

MARIO. Dans quelle humeur es-tu, ma sœur, comme tu
30 t'emportes !

SILVIA. C'est que je suis bien lasse de mon personnage, et
je me serais déjà démasquée si je n'avais pas craint de
fâcher mon père.

MONSIEUR ORGON. Gardez-vous-en bien, ma fille, je
viens ici pour vous le recommander. Puisque j'ai eu la
complaisance de vous permettre votre déguisement, il
faut, s'il vous plaît, que vous ayez celle de suspendre
votre jugement sur Dorante, et de voir si l'aversion
qu'on vous a donnée pour lui est légitime.

SILVIA. Vous ne m'écoutez donc point, mon père ! Je vous
41 dis qu'on ne me l'a point donnée.

MARIO. Quoi ! ce babillard[1] qui vient de sortir ne t'a pas
un peu dégoûtée de lui ?

SILVIA, *avec feu.* Que vos discours sont désobligeants ! M'a
dégoûtée de lui, dégoûtée ! J'essuie[2] des expressions bien
étranges ; je n'entends plus que des choses inouïes, qu'un
langage inconcevable ; j'ai l'air embarrassé, il y a quelque chose, et puis c'est le galant Bourguignon qui m'a
dégoûtée, c'est tout ce qui vous plaira, mais je n'y
50 entends rien.

MARIO. Pour le coup[3], c'est toi qui es étrange. A qui en
as-tu donc ? D'où vient que tu es si fort sur le qui-vive,
dans quelle idée nous soupçonnes-tu[4] ?

SILVIA. Courage, mon frère, par quelle fatalité aujourd'hui
ne pouvez-vous me dire un mot qui ne me choque ?
Quel soupçon voulez-vous qui me vienne ? Avez-vous
des visions[5] ?

MONSIEUR ORGON. Il est vrai que tu es si agitée que je ne
te reconnais point non plus. Ce sont apparemment ces
60 mouvements[1]-là qui sont cause que Lisette nous a parlé
comme elle a fait ; elle accusait ce valet de ne t'avoir pas
entretenue à l'avantage de son maître, et Madame, nous
a-t-elle dit, l'a défendu contre moi avec tant de colère,
que j'en suis encore toute surprise, et c'est sur ce mot de
surprise que nous l'avons querellée ; mais ces gens-là ne
savent pas la conséquence[2] d'un mot.

SILVIA. L'impertinente ! y a-t-il rien de plus haïssable que
cette fille-là ? J'avoue que je me suis fâchée par un esprit
69 de justice pour ce garçon.

MARIO. Je ne vois point de mal à cela.

SILVIA. Y a-t-il rien de plus simple ? Quoi, parce que je
suis équitable, que je veux qu'on ne nuise à personne,
que je veux sauver un domestique du tort qu'on peut lui
faire auprès de son maître, on dit que j'ai des emporte-
ments, des fureurs dont on est surprise : un moment
après un mauvais esprit raisonne, il faut se fâcher, il faut
la faire taire, et prendre mon parti contre elle à cause de
la conséquence de ce qu'elle dit ? Mon parti ! J'ai donc
besoin qu'on me défende, qu'on me justifie ? On peut
80 donc mal interpréter ce que je fais ? Mais que fais-je ? de
quoi m'accuse-t-on ? Instruisez-moi, je vous en conjure ;
cela est-il sérieux, me joue-t-on, se moque-t-on de moi ?
Je ne suis pas tranquille.

MONSIEUR ORGON. Doucement donc.

SILVIA. Non, Monsieur, il n'y a point de douceur qui
tienne. Comment donc, des surprises, des conséquences ! Eh qu'on s'explique, que veut-on dire ? On accuse
ce valet, et on a tort ; vous vous trompez tous, Lisette
est une folle, il est innocent, et voilà qui est fini ; pour-
90 quoi donc m'en reparler encore ? Car je suis outrée !

MONSIEUR ORGON. Tu te retiens, ma fille, tu aurais grande envie de me quereller aussi ; mais faisons mieux, il n'y a que ce valet qui soit suspect ici, Dorante n'a qu'à le chasser.

SILVIA. Quel malheureux déguisement ! Surtout que Lisette ne m'approche pas, je la hais plus que Dorante.

MONSIEUR ORGON. Tu la verras si tu veux, mais tu dois être charmée que ce garçon s'en aille, car il t'aime, et
99 cela t'importune assurément.

SILVIA. Je n'ai point à m'en plaindre, il me prend pour une suivante, et il me parle sur ce ton-là ; mais il ne me dit pas ce qu'il veut, j'y mets bon ordre.

MARIO. Tu n'en es pas tant la maîtresse que tu le dis bien.

MONSIEUR ORGON. Ne l'avons-nous pas vu se mettre à genoux malgré toi ? N'as-tu pas été obligée, pour le faire lever, de lui dire qu'il ne te déplaisait pas ?

SILVIA, *à part*. J'étouffe.

MARIO. Encore a-t-il fallu, quand il t'a demandé si tu
110 l'aimerais, que tu aies tendrement ajouté : volontiers, sans quoi il y serait encore.

SILVIA. L'heureuse apostille[1], mon frère, mais comme l'action m'a déplu, la répétition n'en est pas aimable. Ah çà, parlons sérieusement, quand finira la comédie que vous donnez sur mon compte ?

MONSIEUR ORGON. La seule chose que j'exige de toi, ma fille, c'est de ne te déterminer à le refuser qu'avec connaissance de cause ; attends encore, tu me remercieras
119 du délai que je demande, je t'en réponds.

MARIO. Tu épouseras Dorante, et même avec inclination, je te le prédis... Mais, mon père, je vous demande grâce pour le valet.

SILVIA. Pourquoi grâce ? et moi je veux qu'il sorte.

MONSIEUR ORGON. Son maître en décidera, allons-nous-en.

MARIO. Adieu, adieu ma sœur, sans rancune.

Scène 12

SILVIA, *seule ;* DORANTE, *qui vient peu après*

SILVIA. Ah, que j'ai le cœur serré ! Je ne sais ce qui se mêle à l'embarras où je me trouve, toute cette aventure-ci m'afflige, je me défie de tous les visages, je ne suis contente de personne, je ne le suis pas de moi-même.

DORANTE. Ah, je te cherchais, Lisette.

SILVIA. Ce n'était pas la peine de me trouver, car je te fuis, moi.

DORANTE, *l'empêchant de sortir.* Arrête donc, Lisette, j'ai à te parler pour la dernière fois, il s'agit d'une chose de
10 conséquence qui regarde tes maîtres.

SILVIA. Va la dire à eux-mêmes, je ne te vois jamais que tu ne me chagrines, laisse-moi.

DORANTE. Je t'en offre autant ; mais écoute-moi, te dis-je, tu vas voir les choses bien changer de face, par ce que je te vais dire.

SILVIA. Eh bien, parle donc, je t'écoute, puisqu'il est arrêté que ma complaisance pour toi sera éternelle.

DORANTE. Me promets-tu le secret ?

SILVIA. Je n'ai jamais trahi personne.

DORANTE. Tu ne dois la confidence que je vais te faire
21 qu'à l'estime que j'ai pour toi.

SILVIA. Je le crois ; mais tâche de m'estimer sans me le
dire, car cela sent le prétexte.

DORANTE. Tu te trompes, Lisette : tu m'as promis le
secret, achevons. Tu m'as vu dans de grands mouvements, je n'ai pu me défendre[1] de t'aimer.

SILVIA. Nous y voilà ; je me défendrai bien de t'entendre,
moi ; adieu.

DORANTE. Reste, ce n'est plus Bourguignon qui te parle.

SILVIA. Eh, qui es-tu donc ?

DORANTE. Ah, Lisette ! c'est ici où tu vas juger des peines
32 qu'a dû ressentir mon cœur.

SILVIA. Ce n'est pas à ton cœur à qui je parle, c'est à
toi.

DORANTE. Personne ne vient-il ?

SILVIA. Non.

DORANTE. L'état où sont toutes les choses me force à te le
dire, je suis trop honnête homme pour n'en pas arrêter
le cours.

SILVIA. Soit.

DORANTE. Sache que celui qui est avec ta maîtresse n'est
42 pas ce qu'on pense.

SILVIA, *vivement*. Qui est-il donc ?

DORANTE. Un valet.

SILVIA. Après ?

DORANTE. C'est moi qui suis Dorante.

SILVIA, *à part*. Ah ! je vois clair dans mon cœur.

DORANTE. Je voulais sous cet habit pénétrer[2] un peu ce
que c'était que ta maîtresse, avant de l'épouser. Mon
50 père, en partant[3], me permit ce que j'ai fait, et l'événement[4] m'en paraît un songe : je hais la maîtresse dont je
devais être l'époux, et j'aime la suivante qui ne devait

trouver en moi qu'un nouveau maître. Que faut-il que je
fasse à présent ? Je rougis pour elle de le dire, mais ta
maîtresse a si peu de goût qu'elle est éprise de mon valet
au point qu'elle l'épousera si on la laisse faire. Quel parti
prendre ?

SILVIA, *à part.* Cachons-lui qui je suis... *(Haut.)* Votre
situation est neuve assurément ! Mais, Monsieur, je vous
60 fais d'abord mes excuses de tout ce que mes discours
ont pu avoir d'irrégulier dans nos entretiens.

DORANTE, *vivement.* Tais-toi, Lisette ; tes excuses me
chagrinent, elles me rappellent la distance qui nous
sépare, et ne me la rendent que plus douloureuse.

SILVIA. Votre penchant pour moi est-il si sérieux ?
m'aimez-vous jusque-là ?

DORANTE. Au point de renoncer à tout engagement[1], puisqu'il ne m'est pas permis d'unir mon sort au tien ; et
dans cet état, la seule douceur que je pouvais goûter,
70 c'était de croire que tu ne me haïssais pas.

SILVIA. Un cœur qui m'a choisie dans la condition où je
suis, est assurément bien digne qu'on l'accepte, et je le
payerais volontiers du mien, si je ne craignais pas de le
jeter dans un engagement qui lui ferait tort.

DORANTE. N'as-tu pas assez de charmes, Lisette ? y ajou-
tes-tu encore la noblesse avec laquelle tu me parles ?

SILVIA. J'entends quelqu'un, patientez encore sur l'article[2]
de votre valet, les choses n'iront pas si vite, nous nous
reverrons, et nous chercherons les moyens de vous tirer
80 d'affaire.

DORANTE. Je suivrai tes conseils.

Il sort.

SILVIA. Allons, j'avais grand besoin que ce fût là
Dorante.

Scène 13

SILVIA, MARIO

MARIO. Je viens te retrouver, ma sœur ; nous t'avons laissée dans des inquiétudes qui me touchent ; je veux t'en tirer, écoute-moi.

SILVIA, *vivement*. Ah vraiment, mon frère, il y a bien d'autres nouvelles !

MARIO. Qu'est-ce que c'est ?

SILVIA. Ce n'est point Bourguignon, mon frère, c'est Dorante.

MARIO. Duquel parlez-vous donc ?

SILVIA. De lui, vous dis-je, je viens de l'apprendre tout à
11 l'heure[1] ; il sort, il me l'a dit lui-même.

MARIO. Qui donc ?

SILVIA. Vous ne m'entendez[2] donc pas ?

MARIO. Si j'y comprends rien, je veux mourir.

SILVIA. Venez, sortons d'ici, allons trouver mon père, il faut qu'il le sache ; j'aurai besoin de vous aussi, mon frère : il me vient de nouvelles idées, il faudra feindre de m'aimer, vous en avez déjà dit quelque chose en badinant ; mais surtout gardez bien le secret, je vous en
20 prie...

MARIO. Oh je le garderai bien, car je ne sais ce que c'est.

SILVIA. Allons, mon frère, venez, ne perdons point de temps ; il n'est jamais rien arrivé d'égal à cela !

MARIO. Je prie le Ciel qu'elle n'extravague[3] pas.

Acte III

Scène 1

DORANTE, ARLEQUIN

ARLEQUIN. Hélas, Monsieur, mon très honoré maître, je
vous en conjure.

DORANTE. Encore ?

ARLEQUIN. Ayez compassion de ma bonne aventure, ne
portez point guignon à mon bonheur qui va son train si
rondement, ne lui fermez point le passage.

DORANTE. Allons donc, misérable, je crois que tu te
moques de moi ! Tu mériterais cent coups de bâton.

ARLEQUIN. Je ne les refuse point, si je les mérite ; mais
10 quand je les aurai reçus, permettez-moi d'en mériter
d'autres : voulez-vous que j'aille chercher le bâton ?

DORANTE. Maraud !

ARLEQUIN. Maraud, soit, mais cela n'est point contraire à
faire fortune.

DORANTE. Ce coquin ! quelle imagination il lui prend !

ARLEQUIN. Coquin est encore bon, il me convient aussi :
un maraud n'est point déshonoré d'être appelé coquin ;
mais un coquin peut faire un bon mariage.

DORANTE. Comment, insolent, tu veux que je laisse un
20 honnête homme dans l'erreur, et que je souffre que tu

épouses sa fille sous mon nom ? Écoute, si tu me parles
encore de cette impertinence-là, dès que j'aurai averti
Monsieur Orgon de ce que tu es, je te chasse, entends-
tu ?

ARLEQUIN. Accommodons[1]-nous : cette demoiselle
m'adore, elle m'idolâtre ; si je lui dis mon état de valet,
et que, nonobstant, son tendre cœur soit toujours friand
de la noce avec moi, ne laisserez-vous pas jouer les
violons[2] ?

DORANTE. Dès qu'on te connaîtra, je ne m'en embarrasse
31 plus.

ARLEQUIN. Bon ! je vais de ce pas prévenir cette généreuse
personne sur mon habit de caractère[3], j'espère que ce ne
sera pas un galon de couleur[4] qui nous brouillera ensemble, et que son amour me fera passer à la table en dépit
du sort qui ne m'a mis qu'au buffet[5].

Scène 2

DORANTE *seul, et ensuite* MARIO

DORANTE. Tout ce qui se passe ici, tout ce qui m'y est
arrivé à moi-même est incroyable... Je voudrais pourtant bien voir Lisette, et savoir le succès[6] de ce qu'elle
m'a promis de faire auprès de sa maîtresse pour me tirer
d'embarras. Allons voir si je pourrai la trouver seule.

MARIO. Arrêtez, Bourguignon, j'ai un mot à vous dire.

DORANTE. Qu'y a-t-il pour votre service, Monsieur ?

MARIO. Vous en contez à Lisette[7] ?

DORANTE. Elle est si aimable, qu'on aurait de la peine à ne
10 lui pas parler d'amour.

MARIO. Comment reçoit-elle ce que vous lui dites ?

DORANTE. Monsieur, elle en badine.

MARIO. Tu as de l'esprit, ne fais-tu pas l'hypocrite ?

DORANTE. Non ; mais qu'est-ce que cela vous fait ? Supposé que Lisette eût du goût pour moi...

MARIO. Du goût pour lui ! où prenez-vous vos termes ? Vous avez le langage bien précieux pour un garçon de votre espèce.

DORANTE. Monsieur, je ne saurais parler autrement.

MARIO. C'est apparemment avec ces petites délicatesses-là que vous attaquez Lisette ; cela imite l'homme de condition [1].

DORANTE. Je vous assure, Monsieur, que je n'imite personne ; mais sans doute que vous ne venez pas exprès pour me traiter de ridicule, et vous aviez autre chose à me dire, nous parlions de Lisette, de mon inclination pour elle et de l'intérêt que vous y prenez.

MARIO. Comment, morbleu ! il y a déjà un ton de jalousie dans ce que tu me réponds ; modère-toi un peu. Eh bien, tu me disais qu'en supposant que Lisette eût du goût pour toi... Après ?

DORANTE. Pourquoi faudrait-il que vous le sussiez, Monsieur ?

MARIO. Ah, le voici [2] : c'est que malgré le ton badin que j'ai pris tantôt, je serais très fâché qu'elle t'aimât ; c'est que sans autre raisonnement, je te défends de t'adresser davantage à elle ; non pas dans le fond que je craigne qu'elle t'aime, elle me paraît avoir le cœur trop haut pour cela, mais c'est qu'il me déplaît à moi d'avoir Bourguignon pour rival.

DORANTE. Ma foi, je vous crois, car Bourguignon, tout

Bourguignon qu'il est, n'est pas même content que vous soyez le sien.

MARIO. Il prendra patience.

DORANTE. Il faudra bien ; mais Monsieur, vous l'aimez donc beaucoup ?

MARIO. Assez pour m'attacher sérieusement à elle, dès que j'aurai pris de certaines mesures ; comprends-tu ce que cela signifie ?

DORANTE. Oui, je crois que je suis au fait ; et sur ce pied-là[1] vous êtes aimé sans doute ?

MARIO. Qu'en penses-tu ? Est-ce que je ne vaux pas la peine de l'être ?

DORANTE. Vous ne vous attendez pas à être loué par vos propres rivaux, peut-être ?

MARIO. La réponse est de bon sens, je te la pardonne ; mais je suis bien mortifié de ne pouvoir pas dire qu'on m'aime, et je ne le dis pas pour t'en rendre compte, comme tu le crois bien, mais c'est qu'il faut dire la vérité.

DORANTE. Vous m'étonnez, Monsieur, Lisette ne sait donc pas vos desseins ?

MARIO. Lisette sait tout le bien que je lui veux, et n'y paraît pas sensible ; mais j'espère que la raison me gagnera son cœur. Adieu, retire-toi sans bruit. Son indifférence pour moi, malgré tout ce que je lui offre, doit te consoler du sacrifice que tu me feras... Ta livrée n'est pas propre à faire pencher la balance en ta faveur, et tu n'es pas fait pour lutter contre moi.

Scène 3
SILVIA, DORANTE, MARIO

MARIO. Ah, te voilà, Lisette ?

SILVIA. Qu'avez-vous, Monsieur, vous me paraissez ému ?

MARIO. Ce n'est rien, je disais un mot à Bourguignon.

SILVIA. Il est triste, est-ce que vous le querelliez[1] ?

DORANTE. Monsieur m'apprend qu'il vous aime, Lisette.

SILVIA. Ce n'est pas ma faute.

DORANTE. Et me défend de vous aimer.

SILVIA. Il me défend donc de vous paraître aimable[2] ?

MARIO. Je ne saurais empêcher qu'il ne t'aime, belle Lisette, mais je ne veux pas qu'il te le dise.

SILVIA. Il ne me le dit plus, il ne fait que me le répéter.

MARIO. Du moins ne te le répétera-t-il pas quand je serai présent ; retirez-vous, Bourguignon.

DORANTE. J'attends qu'elle me l'ordonne.

MARIO. Encore ?

SILVIA. Il dit qu'il attend, ayez donc patience.

DORANTE. Avez-vous de l'inclination pour Monsieur ?

SILVIA. Quoi, de l'amour ? oh, je crois qu'il ne sera pas nécessaire qu'on me le défende.

DORANTE. Ne me trompez-vous pas ?

MARIO. En vérité, je joue ici un joli personnage ; qu'il sorte donc. A qui est-ce que je parle ?

DORANTE. A Bourguignon, voilà tout.

MARIO. Eh bien, qu'il s'en aille !

DORANTE, *à part*. Je souffre.

SILVIA. Cédez, puisqu'il se fâche. (J-R)

DORANTE, *bas à Silvia*. Vous ne demandez peut-être pas mieux ?

MARIO. Allons, finissons.

DORANTE. Vous ne m'aviez pas dit cet amour-là,
32 Lisette.

Scène 4

MONSIEUR ORGON, MARIO, SILVIA

(Sam) SILVIA. Si je n'aimais pas cet homme-là, avouons que je serais bien ingrate.

MARIO, *riant*. Ah ! ah ! ah ! ah !

MONSIEUR ORGON. De quoi riez-vous, Mario ?

MARIO. De la colère de Dorante qui sort, et que j'ai obligé de quitter Lisette.

(Sam) SILVIA. Mais que vous a-t-il dit dans le petit entretien que vous avez eu tête à tête avec lui ?

MARIO. Je n'ai jamais vu d'homme ni plus intrigué[1] ni de
10 plus mauvaise humeur.

MONSIEUR ORGON. Je ne suis pas fâché qu'il soit la dupe de son propre stratagème, et d'ailleurs, à le bien prendre il n'y a rien de si flatteur ni de plus obligeant pour lui que tout ce que tu as fait jusqu'ici, ma fille ; mais en voilà assez.

MARIO. Mais où en est-il précisément, ma sœur ?

*Anne Carrère et
Claire Duhamel
(Athénée, 1960).*

(Sam) SILVIA. Hélas, mon frère, je vous avoue que j'ai lieu d'être
contente.

MARIO. Hélas, mon frère, dit-elle ! Sentez-vous cette paix
20 douce qui se mêle à ce qu'elle dit ?

MONSIEUR ORGON. Quoi, ma fille, tu espères qu'il ira
jusqu'à t'offrir sa main dans le déguisement où te
voilà ?

(Mat) SILVIA. Oui, mon cher père, je l'espère.

MARIO. Friponne que tu es, avec ton cher père ! tu ne nous
grondes plus à présent, tu nous dis des douceurs.

(Sam) SILVIA. Vous ne me passez rien.

MARIO. Ah ! ah ! je prends ma revanche ; tu m'as tantôt[1]
chicané sur mes expressions, il faut bien à mon tour que
30 je badine un peu sur les tiennes ; ta joie est bien aussi
divertissante que l'était ton inquiétude.

MONSIEUR ORGON. Vous n'aurez point à vous plaindre
de moi, ma fille, j'acquiesce à tout ce qui vous plaît.

(Mat) SILVIA. Ah, Monsieur, si vous saviez combien je vous
aurai d'obligation ! Dorante et moi, nous sommes destinés l'un à l'autre, il doit m'épouser ; si vous saviez combien je lui tiendrai compte de ce qu'il fait aujourd'hui
pour moi, combien mon cœur gardera le souvenir de
l'excès de tendresse qu'il me montre ! si vous saviez
40 combien tout ceci va rendre notre union aimable ! Il ne
pourra jamais se rappeler notre histoire sans m'aimer, je
n'y songerai jamais que je ne l'aime, vous avez fondé
notre bonheur pour la vie, en me laissant faire ; c'est un
mariage unique ; c'est une aventure dont le seul récit est
attendrissant ; c'est le coup de hasard le plus singulier, le
plus heureux, le plus...

MARIO. Ah ! ah ! ah ! que ton cœur a de caquet[2], ma sœur,
quelle éloquence !

MONSIEUR ORGON. Il faut convenir que le régal[1] que tu
50 te donnes est charmant, surtout si tu achèves.

SILVIA. Cela vaut fait[2], Dorante est vaincu, j'attends mon
captif.

MARIO. Ses fers seront plus dorés qu'il ne pense ; mais
je lui crois l'âme en peine, et j'ai pitié de ce qu'il
souffre.

SILVIA. Ce qui lui en coûte à se déterminer ne me le rend
que plus estimable : il pense qu'il chagrinera son père
en m'épousant, il croit trahir sa fortune et sa naissance.
Voilà de grands sujets de réflexions : je serai charmée
60 de triompher. Mais il faut que j'arrache ma victoire, et
non pas qu'il me la donne : je veux un combat entre
l'amour et la raison.

MARIO. Et que la raison y périsse ?

MONSIEUR ORGON. C'est-à-dire que tu veux qu'il sente
toute l'étendue de l'impertinence[3] qu'il croira faire :
quelle insatiable vanité d'amour-propre !

MARIO. Cela, c'est l'amour-propre d'une femme, et il est
tout au plus uni[4].

Scène 5

MONSIEUR ORGON, SILVIA, MARIO, LISETTE

MONSIEUR ORGON. Paix, voici Lisette : voyons ce qu'elle
nous veut.

LISETTE. Monsieur, vous m'avez dit tantôt que vous
m'abandonniez Dorante, que vous livriez sa tête à ma
discrétion[5] ; je vous ai pris au mot, j'ai travaillé comme
pour moi, et vous verrez de l'ouvrage bien fait, allez,

c'est une tête bien conditionnée[1]. Que voulez-vous que
j'en fasse à présent, Madame me le cède-t-elle ?

MONSIEUR ORGON. Ma fille, encore une fois, n'y préten-
10 dez-vous[2] rien ?

(Mat)

SILVIA. Non, je te le donne, Lisette, je te remets tous mes
droits, et pour dire comme toi, je ne prendrai jamais de
part à un cœur que je n'aurai pas conditionné moi-
même.

LISETTE. Quoi ! vous voulez bien que je l'épouse, Monsieur
le veut bien aussi ?

MONSIEUR ORGON. Oui, qu'il s'accommode[3], pourquoi
t'aime-t-il ?

MARIO. J'y consens aussi, moi.

LISETTE. Moi aussi, et je vous en remercie tous.

MONSIEUR ORGON. Attends, j'y mets pourtant une petite
22 restriction ; c'est qu'il faudrait, pour nous disculper de
ce qui arrivera, que tu lui dises un peu qui tu es.

LISETTE. Mais si je le lui dis un peu, il le saura tout à
fait.

MONSIEUR ORGON. Eh bien, cette tête en si bon état ne
soutiendra-t-elle pas cette secousse-là[4] ? Je ne le crois
pas de caractère à s'effaroucher là-dessus.

LISETTE. Le voici qui me cherche, ayez donc la bonté de
30 me laisser le champ libre, il s'agit ici de mon chef-
d'œuvre.

MONSIEUR ORGON. Cela est juste, retirons-nous.

SILVIA. De tout mon cœur.

MARIO. Allons.

Scène 6

LISETTE, ARLEQUIN

ARLEQUIN. Enfin, ma reine, je vous vois et je ne vous quitte plus, car j'ai trop pâti d'avoir manqué de votre présence, et j'ai cru que vous esquiviez la mienne.

LISETTE. Il faut vous avouer, Monsieur, qu'il en était quelque chose.

ARLEQUIN. Comment donc, ma chère âme, élixir de mon cœur, avez-vous entrepris la fin de ma vie ?

LISETTE. Non, mon cher, la durée m'en est trop précieuse.

ARLEQUIN. Ah, que ces paroles me fortifient !

LISETTE. Et vous ne devez point douter de ma ten-
12 dresse.

ARLEQUIN. Je voudrais bien pouvoir baiser ces petits mots-là, et les cueillir sur votre bouche avec la mienne.

LISETTE. Mais vous me pressiez sur notre mariage, et mon père ne m'avait pas encore permis de vous répondre ; je viens de lui parler, et j'ai son aveu pour vous dire que vous pouvez lui demander ma main quand vous vou-
20 drez.

ARLEQUIN. Avant que je la demande à lui, souffrez que je la demande à vous ; je veux lui rendre mes grâces de la charité qu'elle aura de vouloir bien entrer dans la mienne qui en est véritablement indigne.

LISETTE. Je ne refuse pas de vous la prêter un moment, à condition que vous la prendrez pour toujours.

ARLEQUIN. Chère petite main rondelette et potelée, je vous prends sans marchander, je ne suis pas en peine de l'honneur que vous me ferez, il n'y a que celui que je
30 vous rendrai qui m'inquiète.

LISETTE. Vous m'en rendrez plus qu'il ne m'en faut.

ARLEQUIN. Ah que nenni, vous ne savez pas cette arithmétique-là aussi bien que moi.

LISETTE. Je regarde pourtant votre amour comme un présent du Ciel.

ARLEQUIN. Le présent qu'il vous a fait ne le ruinera pas, il est bien mesquin[1].

LISETTE. Je ne le trouve que trop magnifique.

ARLEQUIN. C'est que vous ne le voyez pas au grand
40 jour.

LISETTE. Vous ne sauriez croire combien votre modestie m'embarrasse.

ARLEQUIN. Ne faites point dépense d'embarras ; je serais bien effronté, si je n'étais pas modeste.

LISETTE. Enfin, Monsieur, faut-il vous dire que c'est moi que votre tendresse honore ?

ARLEQUIN. Ahi ! ahi ! je ne sais plus où me mettre.

LISETTE. Encore une fois, Monsieur, je me connais.

ARLEQUIN. Eh, je me connais bien aussi, et je n'ai pas là
50 une fameuse connaissance, ni vous non plus, quand vous l'aurez faite ; mais c'est là le diable que de me connaître, vous ne vous attendez pas au fond du sac.

LISETTE, *à part*. Tant d'abaissement n'est pas naturel. *(Haut.)* D'où vient me dites-vous cela[2] ?

ARLEQUIN. Et voilà où gît le lièvre[3].

LISETTE. Mais encore ? Vous m'inquiétez : est-ce que vous n'êtes pas ?...

ARLEQUIN. Ahi ! ahi ! vous m'ôtez ma couverture[1].

LISETTE. Sachons de quoi il s'agit ?

ARLEQUIN, *à part.* Préparons un peu cette affaire-là...
61 *(Haut.)* Madame, votre amour est-il d'une constitution
bien robuste, soutiendra-t-il bien la fatigue que je vais
lui donner, un mauvais gîte lui fait-il peur ? Je vais le
loger petitement.

LISETTE. Ah, tirez-moi d'inquiétude ! En un mot, qui êtes-
vous ?

ARLEQUIN. Je suis... N'avez-vous jamais vu de fausse
monnaie ? Savez-vous ce que c'est qu'un louis d'or
faux ? Eh bien, je ressemble assez à cela.

LISETTE. Achevez donc, quel est votre nom ?

ARLEQUIN. Mon nom ? *(A part.)* Lui dirai-je que je
72 m'appelle Arlequin ? Non ; cela rime trop avec coquin.

LISETTE. Eh bien ?

ARLEQUIN. Ah dame, il y a un peu à tirer ici[2] ! Haïssez-
vous la qualité de soldat ?

LISETTE. Qu'appelez-vous un soldat ?

ARLEQUIN. Oui, par exemple, un soldat d'antichambre.

LISETTE. Un soldat d'antichambre ! Ce n'est donc point
79 Dorante à qui je parle enfin ?

ARLEQUIN. C'est lui qui est mon capitaine.

LISETTE. Faquin !

ARLEQUIN, *à part.* Je n'ai pu éviter la rime.

LISETTE. Mais voyez ce magot[3], tenez !

ARLEQUIN. La jolie culbute[4] que je fais là !

LISETTE. Il y a une heure que je lui demande grâce, et que
je m'épuise en humilités pour cet animal-là !

ARLEQUIN. Hélas, Madame, si vous préfériez l'amour à la gloire, je vous ferais bien autant de profit qu'un monsieur.

LISETTE, *riant*. Ah ! ah ! ah ! je ne saurais pourtant m'em-
90 pêcher d'en rire, avec sa gloire, et il n'y a plus que ce parti-là à prendre... Va, va, ma gloire te pardonne, elle est de bonne composition.

ARLEQUIN. Tout de bon, charitable dame ? Ah, que mon amour vous promet de reconnaissance !

LISETTE. Touche là, Arlequin ; je suis prise pour dupe : le soldat d'antichambre de Monsieur vaut bien la coiffeuse
97 de Madame.

ARLEQUIN. La coiffeuse de Madame !

LISETTE. C'est mon capitaine ou l'équivalent.

ARLEQUIN. Masque !

LISETTE. Prends ta revanche.

ARLEQUIN. Mais voyez cette magotte, avec qui, depuis une heure, j'entre en confusion de ma misère !

LISETTE. Venons au fait ; m'aimes-tu ?

ARLEQUIN. Pardi oui, en changeant de nom, tu n'as pas changé de visage, et tu sais bien que nous nous sommes promis fidélité en dépit de toutes les fautes d'ortho-graphe.

LISETTE. Va, le mal n'est pas grand, consolons-nous ; ne
110 faisons semblant de rien, et n'apprêtons point à rire ! Il y a apparence que ton maître est encore dans l'erreur à l'égard de ma maîtresse, ne l'avertis de rien, laissons les choses comme elles sont : je crois que le voici qui entre. Monsieur, je suis votre servante.

ARLEQUIN. Et moi votre valet, Madame. *(Riant.)* Ah ! ah ! ah !

Scène 7

DORANTE, ARLEQUIN

DORANTE. Eh bien, tu quittes la fille d'Orgon, lui as-tu dit qui tu étais.

ARLEQUIN. Pardi oui, la pauvre enfant, j'ai trouvé son cœur plus doux qu'un agneau, il n'a pas soufflé[1]. Quand je lui ai dit que je m'appelais Arlequin, et que j'avais un habit d'ordonnance[2] : Eh bien, mon ami, m'a-t-elle dit, chacun a son nom dans la vie, chacun a son habit, le vôtre ne vous coûte rien, cela ne laisse pas que d'être gracieux.

DORANTE. Quelle sotte histoire me contes-tu là ?

ARLEQUIN. Tant y a que[3] je vais la demander en ma-
12 riage.

DORANTE. Comment, elle consent à t'épouser ?

ARLEQUIN. La voilà bien malade.

DORANTE. Tu m'en imposes[4], elle ne sait pas qui tu es.

ARLEQUIN. Par la ventrebleu, voulez-vous gager que je l'épouse avec la casaque[5] sur le corps, avec une souguenille[6] si vous me fâchez ? Je veux bien que vous sachiez qu'un amour de ma façon n'est point sujet à la casse[7],
20 que je n'ai pas besoin de votre friperie[8] pour pousser ma pointe[9] et que vous n'avez qu'à me rendre la mienne.

DORANTE. Tu es un fourbe, cela n'est pas concevable, et je vois bien qu'il faudra que j'avertisse Monsieur Orgon.

ARLEQUIN. Qui ? notre père ? Ah, le bon homme, nous l'avons dans notre manche ; c'est le meilleur humain,

la meilleure pâte d'homme !... Vous m'en direz des nouvelles.

DORANTE. Quel extravagant ! As-tu vu Lisette ?

ARLEQUIN. Lisette ! non ; peut-être a-t-elle passé devant
31 mes yeux, mais un honnête homme ne prend pas garde
à une chambrière[1] : Je vous cède ma part de cette atten-
tion-là.

DORANTE. Va-t'en, la tête te tourne.

ARLEQUIN. Vos petites manières sont un peu aisées, mais
c'est la grande habitude qui fait cela : adieu, quand
j'aurai épousé, nous vivrons but à but[2]. Votre soubrette
arrive. Bonjour, Lisette, je vous recommande Bourguignon, c'est un garçon qui a quelque mérite.

Scène 8

DORANTE, SILVIA

DORANTE, *à part.* Qu'elle est digne d'être aimée ! Pourquoi
faut-il que Mario m'ait prévenu[3] ?

SILVIA. Où étiez-vous donc, Monsieur ? Depuis que j'ai
quitté Mario, je n'ai pu vous retrouver pour vous rendre
compte de ce que j'ai dit à Monsieur Orgon.

DORANTE. Je ne me suis pourtant pas éloigné, mais de
quoi s'agit-il ?

SILVIA, *à part.* Quelle froideur ! *(Haut.)* J'ai eu beau décrier
votre valet et prendre sa conscience à témoin de son peu
10 de mérite, j'ai eu beau lui représenter[4] qu'on pouvait du
moins reculer le mariage, il ne m'a pas seulement écou-
tée ; je vous avertis même qu'on parle d'envoyer chez le
notaire, et qu'il est temps de vous déclarer[5].

DORANTE. C'est mon intention ; je vais partir *incognito*, et je laisserai un billet qui instruira Monsieur Orgon de tout.

SILVIA, *à part.* Partir ! ce n'est pas là mon compte.

DORANTE. N'approuvez-vous pas mon idée.

SILVIA. Mais... pas trop.

DORANTE. Je ne vois pourtant rien de mieux dans la situa-
21 tion où je suis, à moins que de parler moi-même, et je ne saurais m'y résoudre ; j'ai d'ailleurs d'autres raisons qui veulent que je me retire : je n'ai plus que faire ici.

SILVIA. Comme je ne sais pas vos raisons, je ne puis ni les approuver, ni les combattre ; et ce n'est pas à moi à vous les demander.

DORANTE. Il vous est aisé de les soupçonner, Lisette.

SILVIA. Mais je pense, par exemple, que vous avez du
30 dégoût pour la fille de Monsieur Orgon.

DORANTE. Ne voyez-vous que cela ?

SILVIA. Il y a bien encore certaines choses que je pourrais supposer ; mais je ne suis pas folle, et je n'ai pas la vanité de m'y arrêter.

DORANTE. Ni le courage d'en parler ; car vous n'auriez rien d'obligeant à me dire : adieu Lisette.

SILVIA. Prenez garde, je crois que vous ne m'entendez pas, je suis obligée de vous le dire.

DORANTE. A merveille ; et l'explication ne me serait pas
40 favorable ; gardez-moi le secret jusqu'à mon départ.

SILVIA. Quoi, sérieusement, vous partez ?

DORANTE. Vous avez bien peur que je ne change d'avis.

SILVIA. Que vous êtes aimable d'être si bien au fait !

DORANTE. Cela est bien naïf[1] : Adieu.

    Il s'en va.

SILVIA, *à part.* S'il part, je ne l'aime plus, je ne l'épouserai
    jamais... *(Elle le regarde aller.)* Il s'arrête pourtant, il
    rêve[2], il regarde si je tourne la tête, et je ne saurais le
    rappeler, moi... Il serait pourtant bien singulier[3] qu'il
50 partît, après tout ce que j'ai fait... Ah, voilà qui est fini,
    il s'en va, je n'ai pas tant de pouvoir sur lui que je le
    croyais : mon frère est un maladroit, il s'y est mal pris,
    les gens indifférents gâtent tout. Ne suis-je pas bien
    avancée ? Quel dénouement ! Dorante reparaît pourtant ;
    il me semble qu'il revient, je me dédis donc, je l'aime
    encore... Feignons de sortir, afin qu'il m'arrête ; il faut
    bien que notre réconciliation lui coûte quelque chose.

DORANTE, *l'arrêtant.* Restez, je vous prie, j'ai encore
    quelque chose à vous dire.

SILVIA. A moi, Monsieur ?

DORANTE. J'ai de la peine à partir sans vous avoir
62 convaincue que je n'ai pas tort de le faire.

SILVIA. Eh, Monsieur, de quelle conséquence est-il de vous
    justifier auprès de moi ? Ce n'est pas la peine, je ne suis
    qu'une suivante, et vous me le faites bien sentir.

DORANTE. Moi, Lisette ! est-ce à vous à vous plaindre,
    vous qui me voyez prendre mon parti sans me rien
    dire ?

SILVIA. Hum, si je voulais, je vous répondrais bien là-
70 dessus.

DORANTE. Répondez donc, je ne demande pas mieux que
    de me tromper. Mais que dis-je ! Mario vous aime.

SILVIA. Cela est vrai.

DORANTE. Vous êtes sensible à son amour, je l'ai vu

par l'extrême envie que vous aviez tantôt que je m'en
allasse ; ainsi, vous ne sauriez m'aimer.

SILVIA. Je suis sensible à son amour ! qui est-ce qui vous
l'a dit ? Je ne saurais vous aimer ! qu'en savez-vous ?
Vous décidez bien vite.

DORANTE. Eh bien, Lisette, par tout ce que vous avez de
81 plus cher au monde, instruisez-moi de ce qui en est, je
vous en conjure.

SILVIA. Instruire un homme qui part !

DORANTE. Je ne partirai point.

SILVIA. Laissez-moi, tenez, si vous m'aimez, ne m'interro-
gez point. Vous ne craignez que mon indifférence, et
vous êtes trop heureux que je me taise. Que vous importent mes sentiments ?

DORANTE. Ce qu'ils m'importent, Lisette ? peux-tu douter
90 encore que je ne t'adore ?

SILVIA. Non, et vous me le répétez si souvent que je vous
crois ; mais pourquoi m'en persuadez-vous, que voulez-
vous que je fasse de cette pensée-là, Monsieur ? Je vais
vous parler à cœur ouvert. Vous m'aimez, mais votre
amour n'est pas une chose bien sérieuse pour vous ; que
de ressources n'avez-vous pas pour vous en défaire ! La
distance qu'il y a de vous à moi, mille objets[1] que vous
allez trouver sur votre chemin, l'envie qu'on aura de
vous rendre sensible[2], les amusements d'un homme de
100 votre condition, tout va vous ôter cet amour dont vous
m'entretenez impitoyablement ; vous en rirez peut-être
au sortir d'ici, et vous aurez raison. Mais moi, Monsieur, si je m'en ressouviens, comme j'en ai peur, s'il
m'a frappée, quel secours aurai-je contre l'impression
qu'il m'aura faite ? Qui est-ce qui me dédommagera de
votre perte ? Qui voulez-vous que mon cœur mette à
votre place ? Savez-vous bien que si je vous aimais, tout

ce qu'il y a de plus grand dans le monde ne me touche-
rait plus ? Jugez donc de l'état où je resterais, ayez la
110 générosité de me cacher votre amour : moi qui vous
parle, je me ferais un scrupule de vous dire que je vous
aime, dans les dispositions où vous êtes. L'aveu de mes
sentiments pourrait exposer[1] votre raison, et vous voyez
bien aussi que je vous les cache.

DORANTE. Ah ! ma chère Lisette, que viens-je d'entendre :
tes paroles ont un feu qui me pénètre, je t'adore, je te
respecte ; il n'est ni rang, ni naissance, ni fortune qui ne
disparaisse devant une âme comme la tienne. J'aurais
honte que mon orgueil tînt encore contre toi, et mon
120 cœur et ma main t'appartiennent.

SILVIA. En vérité, ne mériteriez-vous pas que je les prisse,
ne faut-il pas être bien généreuse pour vous dissimuler
le plaisir qu'ils me font, et croyez-vous que cela puisse
durer ?

DORANTE. Vous m'aimez donc ?

SILVIA. Non, non ; mais si vous me le demandez encore,
tant pis pour vous.

DORANTE. Vos menaces ne me font point de peur.

SILVIA. Et Mario, vous n'y songez donc plus ?

DORANTE. Non, Lisette ; Mario ne m'alarme plus, vous ne
131 l'aimez point, vous ne pouvez plus me tromper, vous
avez le cœur vrai, vous êtes sensible à ma tendresse : je
ne saurais en douter au transport qui m'a pris, j'en suis
sûr, et vous ne sauriez plus m'ôter cette certitude-là.

SILVIA. Oh, je n'y tâcherai point, gardez-la, nous verrons ce
que vous en ferez.

DORANTE. Ne consentez-vous pas d'être à moi ?

SILVIA. Quoi, vous m'épouserez malgré ce que vous êtes,
malgré la colère d'un père, malgré votre fortune ?

DORANTE. Mon père me pardonnera dès qu'il vous aura
141 vue, ma fortune nous suffit à tous deux, et le mérite
vaut bien la naissance : ne disputons point, car je ne
changerai jamais.

SILVIA. Il ne changera jamais ! Savez-vous bien que vous
me charmez, Dorante ?

DORANTE. Ne gênez donc plus[1] votre tendresse, et laissez-
la répondre...

SILVIA. Enfin, j'en suis venue à bout ; vous... vous ne chan-
149 gerez jamais ?

DORANTE. Non, ma chère Lisette.

SILVIA. Que d'amour !

Scène dernière

MONSIEUR ORGON, SILVIA, DORANTE,
LISETTE, ARLEQUIN, MARIO

SILVIA. Ah, mon père, vous avez voulu que je fusse à
Dorante ; venez voir votre fille vous obéir avec plus de
joie qu'on n'en eut jamais.

DORANTE. Qu'entends-je ! vous son père, Monsieur ?

SILVIA. Oui, Dorante, la même idée de nous connaître
nous est venue à tous deux. Après cela, je n'ai plus rien
à vous dire ; vous m'aimez, je n'en saurais douter, mais
à votre tour jugez de mes sentiments pour vous, jugez
du cas que j'ai fait de votre cœur par la délicatesse avec
10 laquelle j'ai tâché de l'acquérir.

MONSIEUR ORGON. Connaissez-vous cette lettre-là ?
Voilà par où j'ai appris votre déguisement, qu'elle n'a
pourtant su que par vous.

DORANTE. Je ne saurais vous exprimer mon bonheur, Madame ; mais ce qui m'enchante le plus, ce sont les preuves que je vous ai données de ma tendresse.

MARIO. Dorante me pardonne-t-il la colère où j'ai mis Bourguignon ?

DORANTE. Il ne vous la pardonne pas, il vous en remer-
20 cie.

ARLEQUIN, *à Lisette.* De la joie, Madame ! Vous avez perdu votre rang, mais vous n'êtes point à plaindre, puisque Arlequin vous reste.

LISETTE. Belle consolation ! il n'y a que toi qui gagnes à cela.

ARLEQUIN. Je n'y perds pas ; avant notre connaissance, votre dot valait mieux que vous ; à présent, vous valez mieux que votre dot. Allons, saute, marquis[1] !

Commentaires

Notes

par

Patrice Pavis

Commentaires

Originalité de l'œuvre et contexte

Le marivaudage n'est plus ce qu'il était. Autrefois, Marivaux était réservé aux seuls connaisseurs — du moins ceux qui se proclamaient tels —, ceux qui ne craignaient pas l'ennui des matinées classiques ou qui se faisaient du XVIIIe siècle l'image d'une époque précieuse, aristocratique et éthérée. Les choses ont bien changé. Grâce à la mise en scène de ces trente dernières années, beaucoup plus qu'à la critique, le théâtre de Marivaux s'est ouvert à un public vaste et varié, il est devenu l'enjeu de débats et de polémiques qui tiennent à son irréductible ambiguïté psychologique et philosophique. Des pièces comme *La Dispute, Les Fausses Confidences* ou *La Fausse Suivante* exercent une étrange fascination sur toute une génération de metteurs en scène qui, comme dirait le Mario du *Jeu de l'amour et du hasard,* « ne brillent pas trop dans le respect qu'ils ont pour leur maître » (II, 10), mais qui ont redécouvert et revivifié Marivaux en l'enrichissant d'une nouvelle interprétation scénique.

Paradoxalement, *Le Jeu de l'amour et du hasard* est resté à l'écart de ce renouvellement, alors qu'il passe pour son chef-d'œuvre, pour la pièce la plus représentative de sa manière, celle qui est la plus jouée à la Comédie-Française et qui correspond le mieux à son ancienne image de marque. Il est vrai qu'elle ne possède pas le

charme exotique des pièces utopiques *(La Dispute)* ou
insulaires *(L'Ile des esclaves, La Colonie)* et qu'elle ne
présente pas, à première vue, des difficultés d'interprétation particulières. Mais son calme herméneutique n'est
qu'apparent, son harmonie trompeuse et son équilibre
entre la comédie italienne et le drame bourgeois toujours très instable.

Certes, on peut la lire — et on ne s'en prive pas —
comme un charmant badinage sur l'amour-propre des
gens distingués, dans un cadre irréel, sinon féerique.
Mais, comme souvent chez Marivaux, cette œuvre en
apparence la plus charmante et inoffensive révèle vite, à
y regarder de plus près, des perspectives inquiétantes ;
elle pose la question de l'amour et du mariage, du désir
et de la classe ; bref, « c'est une bagatelle qui vaut bien
la peine qu'on y pense » (I, 8).

Le moment historique

L'année 1730 — date à laquelle *Le Jeu de l'amour et
du hasard* est représenté, puis publié — se situe au début
d'une évolution en profondeur de la société française, au
moment du « démarrage où les transformations provo-
quées par l'essor économique mirent en cause les rapports sur lesquels reposait pour l'essentiel la société
d'Ancien Régime » (R. Mandrou, *La France aux XVIIe et
XVIIIe siècles*, p. 137). La Régence et les années 20 enre-
gistrent le passage de la sphère publique de la représentation aristocratique à la sphère privée de l'intimité
bourgeoise. La vie sociale se déroule à présent dans le
cadre plus intime de la famille et de la maison bourgeoises.

En 1730, Marivaux est un auteur déjà connu, sinon
reconnu. *Le Jeu* est la dixième pièce qu'il fait jouer à la
Comédie-Italienne. Il a eu de beaux succès avec *La Surprise de l'amour, La Double Inconstance, Le Prince tra-*

vesti et *La Fausse Suivante*. Les feuilles journalistiques qu'il a lancées — *Le Spectateur français, L'Indigent Philosophe* — ont fait connaître ses talents polémiques et son goût immodéré pour « la métaphysique du cœur ». Au début des années 30, s'effectue un tournant décisif dans l'évolution de sa dramaturgie. Marivaux est en pleine possession de sa manière et de son système dramaturgique, mais il s'agit d'un sommet, ou plutôt d'un plateau qui va du *Jeu de l'amour et du hasard* aux *Fausses Confidences* (1737), et qui s'achève par une crise de son écriture dramatique. Marivaux ne semble plus capable, par la suite, d'unir forme et contenu à l'intérieur d'une même pièce. Il oscille entre un discours moralisant sur les vertus bourgeoises (dans *L'École des mères*, par exemple) et une virtuosité abstraite dans ses esquisses des surprises de l'amour (par exemple dans *Les Serments indiscrets*). Il ne retrouve plus l'équilibre du *Jeu de l'amour et du hasard*, cette ancienne et rare harmonie entre une forme dramatique inspirée de la comédie italienne et une thématique bourgeoise et réaliste dans le goût du public.

Le Jeu de l'amour et du hasard concilie encore le style de jeu des Italiens et une problématique historique et mimétique du début du xviiie siècle. Le canevas de la pièce rappelle une comédie jouée par les Italiens (déguisement, présence d'Arlequin, parallélisme des situations, procédés comiques comme les lazzis), mais l'enjeu idéologique est tel que le public de l'époque semble exiger du dramaturge qu'il donne clairement raison — contre les domestiques — aux maîtres, à ceux qui ont « l'air bien distingué » (I, 7).

La réception

La réception de la pièce en 1730 — du moins ce que nous en pouvons deviner par le compte rendu du *Mer-*

cure d'avril 1730 — indique que le public était gêné par le manque de vraisemblance du déguisement et des quiproquos, et donc qu'il ne faisait plus l'effort d'accepter l'échange des identités comme une convention typique d'une comédie italienne. « Voici — lit-on dans *Le Mercure* — les remarques qu'on a faites sur cette comédie : 1. qu'il n'est pas vraisemblable que Silvia puisse se persuader qu'un butor tel qu'Arlequin soit ce même Dorante dont on lui a fait une peinture si avantageuse [...] 2. Arlequin, a-t-on dit, ne soutient pas son caractère partout ; des choses très jolies succèdent à des grossièretés. » En d'autres termes, le public n'accepte pas qu'une personne de bon goût puisse se tromper sur l'identité d'un valet ou d'un maître. Il part du principe que les différences d'état sont naturelles et inscrites dans le langage, les manières, la physionomie. Il refuse de jouer le jeu de la convention qui oblige à ne plus voir le valet dès qu'il est déguisé en maître, et vice versa. Il est probablement surtout choqué — au lieu d'être amusé — par la prétention d'un valet de rivaliser avec son maître : que ce soit Lisette protestant qu'Orgon ne se défie pas assez de ses charmes (II, 1), ou Arlequin prétendant vivre « but à but » avec Dorante (III, 7). En somme, le public partage le malaise idéologique de Dorante et de Silvia, confrontés à une personne d'un rang social inférieur, mais pourtant séduisante. Il ne saurait supporter que les inférieurs donnent le change et se présentent sous un jour trop favorable : il réclame des signes de leur grossièreté et de leur vulgarité, et refuse l'ambiguïté sur la *distinction* des personnages, car ce serait du même coup douter de sa propre faculté de distinguer entre « nobles » et « vulgaires ». Pourtant le texte, et la scène bien plus encore, multiplie les précautions pour qu'aucun doute à cet égard ne soit permis et que l'identité réelle soit d'entrée perceptible derrière le déguise-

Michel Etcheverry et Béatrice Agenin. Mise en scène de J.-P. Roussillon (Comédie-Française, 1976).

ment. C'est dire l'importance de la mise en scène qui *règle*, en dernier ressort, les différences physiques entre maître et valet. Au XVIII⁰ siècle, le réglage est effectué sans surprise par le jeu des Comédiens-Italiens.

Le jeu des Comédiens-Italiens

Quelle est la situation des Comédiens-Italiens lorsque Marivaux commence, en 1720, à écrire pour eux ? Xavier de Courville, qui a mieux que quiconque évoqué leur aventure, la décrit ainsi : « En ces premières années de la Régence, face à une Comédie-Française où vont régner Voltaire et Destouches, le Théâtre-Italien qui vient de rouvrir les portes du vieil hôtel de Bourgogne représente jeunesse, liberté, fantaisie, flatte les "modernes", et doit tenter naturellement un débutant tel que Marivaux, hostile aux sentiers battus. Troupe italienne, encore fidèle aux masques, aux types, au jeu de la *commedia dell'arte*, mais qui se devait de faire oublier les audaces châtiées par l'exil, et de rallier par sa nouveauté les suffrages du siècle naissant » (Marivaux, *Monographie de la Comédie-Française*, 1965).

Pour comprendre la vraie portée du texte dramatique, il faut imaginer la dimension vocale, gestuelle et chorégraphique du jeu des Italiens, leur art de distancier par le corps un texte psychologique et finement ciselé, leur utilisation des conventions touchant l'espace, le costume ou la déclamation.

Leur jeu est collectif : l'acteur italien ne vient pas au bord de la scène faire son numéro et déclamer sa tirade. A la différence de son rival de la Comédie-Française, il joue en fonction des autres, en leur prêtant regard et écoute. Sa place sur la scène, ses déplacements, ses improvisations gestuelles (lazzis), tout est codifié comme pour une chorégraphie. Les lazzis sont encore assez nombreux, même si Marivaux ne les décrit plus comme dans ses premières comédies (par exemple : la présentation burlesque d'Arlequin [1, 10], ou le coup de pied discret de Dorante à Arlequin [II, 4]). L'acteur ne recherche pas le naturel, il n'essaie pas de faire croire à la vraisemblance du personnage ou de la situation. Conscient de jouer, il montre son personnage, il souligne la convention, accentue la théâtralité. Il maintient toujours un écart entre sa voix et son texte, comme si la diction refusait de naturaliser la parole. « Il faut donc, comme le disait très bien Marivaux [selon d'Alembert], que les acteurs ne paraissent jamais *sentir la valeur de ce qu'ils disent*, et en même temps que les spectateurs la sentent et la démêlent à travers l'espèce de nuage dont l'auteur a dû envelopper leurs discours » *(Éloge de Marivaux)*. Cet effet de distanciation devait à la fois compenser, voire persifler la complexité psychologique des caractères, et donner à sentir la sinuosité et la rhétorique du texte marivaudien.

Privé de la représentation italienne, *Le Jeu de l'amour et du hasard* est un vaisseau fantôme, démâté et sans équipage. Il ne lui reste que quelques traces de la chorégraphie inscrite sur scène par tous ces personnages, notée à la fois dans les indications scéniques et dans les descriptions des mouvements ou de l'espace dans les dialogues. Derrière cette chorégraphie, on sent l'épure d'un jeu parfaitement maîtrisé de substitutions, de redoublements, de parallélisme, une adéquation des figures dramaturgiques (des échanges sociaux notamment) et des déplacements scéniques. Écriture scénique et dramaturgie marivaudienne sont étroitement liées : le secret de la réussite théâtrale n'est pas à chercher ailleurs. La fable est gestuelle.

Ainsi l'acte I confronte deux couples, et à l'intérieur de chaque couple, deux individus, pour affirmer la non-coïncidence de leur être social et spatial : « aucun n'est à sa place » (I, 8). L'acte II organise une série de rencontres manquées, interrompt malicieusement les tête-à-tête. L'acte III comble l'« éloignement » des personnages (II, 9), la « distance qui [les] sépare » (II, 12). Les émotions et les réactions sont dessinées en un ballet d'attirance/répulsion, un enregistrement graphique des élans du cœur et des retenues de la bienséance, jusqu'à la rencontre finale de Dorante et de Silvia (III, 8). Cette « fable gestuelle » inscrite autant sur la scène que dans le texte, il n'est pas inutile d'en analyser les principaux mouvements, lesquels correspondent *grosso modo* aux entrées et aux sorties des personnages, c'est-à-dire au découpage en scènes.

Thèmes et personnages

Analyse de l'action

L'acte I est l'acte des leurres : le double déguisement est l'effet d'un hasard initial, puis les conflits se nouent, le double piège se met en place.

Silvia confie à Lisette ses inquiétudes à l'idée de se marier avec un homme qu'elle ne connaît pas. Lisette ne parvient pas à la rassurer (sc. 1). Son père, Monsieur Orgon, l'autorise à prendre la place de sa suivante pour observer « le futur » (sc. 3). Orgon explique ensuite à son fils Mario que Dorante a eu la même idée de déguisement (sc. 4). Silvia se promet de plaire à Dorante « sous ce personnage » de soubrette, « de subjuguer sa raison, de l'étourdir un peu sur la distance qu'il y aura de lui à elle » (sc. 5). Dès leur première entrevue (sc. 6), Silvia et Dorante se plaisent et badinent, malgré l'étonnement de chacun à voir l'autre parler et se comporter de manière si singulièrement « au-dessus de sa condition ». Arlequin, à cause de « ses façons de parler sottes et triviales » (sc. 9), choque Silvia, mécontente Dorante et s'efforce maladroitement de jouer la comédie face à Monsieur Orgon (sc. 10).

L'acte II est l'acte des rencontres et des contrariétés. Lisette avertit charitablement Orgon que ses charmes vont bon train. Elle reçoit l'autorisation d'épouser celui qu'elle prend pour Dorante. Quant au vrai Dorante, il n'arrête pas, rapporte-t-elle, de regarder Silvia et de soupirer, tandis que Silvia rougit (sc. 1). Arlequin fait une cour très empressée à Lisette, malgré les consignes de modération de son maître (sc. 3, 4, 5). C'est ensuite au tour de Silvia d'interrompre le tête-à-tête d'Arlequin et de Lisette (sc. 6), puis d'ordonner à sa suivante de décourager Arlequin. Lisette refuse et reproche à sa maîtresse de trop s'intéresser au « valet » de Dorante (sc. 7). Silvia, hors d'elle-même, n'accepte pas l'idée d'être amoureuse d'un domestique (sc. 8), mais finit par avouer à Dorante qu'elle « n'aurait point de répugnance [pour lui] », s'il était « riche, d'une condition honnête » (sc. 9). Vexée que son père et son frère aient surpris Dorante à ses genoux, Silvia perd le contrôle d'elle-même, souhaite « finir la comédie » (sc. 10). Dorante, venu la retrouver, lui révèle sa véritable identité, mais Silvia décide de prolonger son déguisement pour mieux éprouver son amant.

L'acte III est celui de l'épreuve et de la probation. Dorante consent, à contrecœur, que son valet épouse celle qu'ils croient tous deux être la fille d'Orgon (sc. 1). Mario excite la jalousie de Dorante en feignant d'aimer Silvia (sc. 2 et 3). Silvia dévoile son plan à son père et à son frère : obliger Dorante à se déterminer tout en croyant « trahir sa fortune et sa naissance » (sc. 4). Lisette obtient d'Orgon la permission d'épouser Arlequin (sc. 5) et achève de le séduire : ils finissent par se

dévoiler leur identité sans manifester colère ni déception
(sc. 6). Arlequin se venge de Dorante en lui faisant
croire que la fille de Monsieur Orgon consent à l'épouser
(sc. 7). Dorante, jaloux de Mario, menace Silvia de partir, mais celle-ci réussit à le retenir. Il finit par demander
sa main, car « il n'est ni rang, ni naissance, ni fortune
qui ne disparaisse devant une âme comme la [sienne] »
et parce que « le mérite vaut bien la naissance » (sc. 8).
Il reste à Silvia à déclarer à son père, en présence de
Dorante, qu'elle lui obéira et épousera Dorante « avec
plus de joie qu'on n'en eut jamais » (sc. 9).

Tout cet acte n'est pas de trop pour expliciter et mettre en valeur le sacrifice héroïque de Dorante, pour
dépasser aussi les jeux de l'amour et de l'amour-propre,
pour donner à la fable une dimension plus « sociale »,
voire exemplaire, en abordant la question de la mésalliance et en proposant une solution aux hasards des
coups de foudre. Ce n'est donc pas seulement, comme
on l'a pensé à la création de la pièce, « une petite
vanité » d'amour-propre qui empêche Silvia « de se
découvrir après avoir appris que Bourguignon est
Dorante » (*Mercure* de 1730), c'est un moment idéologique capital qui met en lumière la décision de Dorante
— ni trop rapide, ni trop pénible.

L'établissement de la fable, dont on vient de donner
un bref résumé, ne pose pas de difficultés particulières
comme dans le cas d'autres pièces (*La Double Inconstance* ou *La Dispute*). Les motivations et les conflits
paraissent assez clairs, sans ambiguïtés narratives inscrites dans le texte. Ce qui, par contre, est susceptible de
varier considérablement, c'est l'écart — physique, psychologique, « physionomique », gestuel, social — entre
les maîtres et les domestiques. Ou bien la mise en scène
choisit de différencier nettement les deux groupes : et

c'est ce qu'elle fait le plus souvent ; ou bien elle suggère une similarité des quatre personnages, voire une « supériorité » des domestiques : ce serait là une option paradoxale, mais fascinante. L'ambiguïté de la notion de *distinction*, qui permet aux maîtres de se reconnaître sous le masque et fonde leur supériorité sur les domestiques, reste maintenue dans la pièce, sans qu'il soit possible de résoudre une fois pour toutes le conflit en décidant trop unilatéralement pour l'une des deux parties. Ou bien, si décision il y a, elle est toujours idéologique, car elle décide de la différence ou de la similarité des deux groupes sociaux. C'est dire que l'on peut, en somme, faire considérablement *jouer* ce texte, lui faire dire une chose et son contraire, et que sa dramaturgie est plus complexe que ne le laisse supposer le résumé de la fable.

Analyse dramaturgique

1. Une action ironique

Pourtant, là encore, le ressort de l'action et du comique paraît assez simple. Il suppose une attitude d'ironie du spectateur par rapport à ce qui lui est présenté, ironie partagée avec Mario et Orgon, et qui s'exerce aux dépens des jeunes gens, notamment de Silvia et Dorante. On pourrait le résumer par les formules : tel est pris qui croyait prendre ; en voulant trop maîtriser la connaissance, on s'expose à bien des surprises ; se cacher, c'est le meilleur moyen de s'exposer aux regards. Chacun de ces paradoxes se fonde sur l'ironie avec laquelle le public omniscient observe les jeunes gens créer eux-mêmes l'obstacle, s'empêtrer dans leurs contradictions, jouer des rôles qu'ils ne maîtrisent pas. L'ironie suprême, c'est que ces petits-maîtres du langage, que sont Silvia et Dorante, n'avaient pas prévu qu'il leur faudrait déguiser leur discours. Le langage a ses raisons...

2. Le titre

Même ironie diffuse dans l'énoncé du titre, qu'il s'agisse **des** *Jeux* (dans l'édition de Desboulmier) ou **du** *Jeu de l'amour et du hasard*. En personnifiant l'Amour et le Hasard, en en faisant les protagonistes d'une sorte de jeu médiéval, c'est-à-dire d'une dramatisation en gestes d'un texte préexistant, ou d'une pièce pédagogique, le titre de la pièce ne dit pas s'il les compare ou les oppose. Il ménage également une ambiguïté entre un intitulé décrivant concrètement la fable (« comment amour et hasard entrent en conflit à la suite du double déguisement ») et un intitulé beaucoup plus abstrait et philosophique (comme, par exemple : « du rapport existentiel de la subjectivité et de la contingence »).

Un tel titre laisse en tout cas à penser que l'Amour et le Hasard, ces deux personnages de l'allégorie marivaudienne, pourraient bien s'affronter, en tant que l'universalité de l'amour et l'aléa des rencontres ou des conditions. Car si l'amour est naturel, s'il ne connaît pas les barrières sociales (ce qui reste d'ailleurs à prouver, et c'est là en réalité le sujet de la pièce), le hasard préside aux rencontres entre les sexes, et surtout décide de la différence des conditions. Dans *L'Ile des esclaves*, Cléantis se résignait en ces termes à cette décision du hasard : « Mais enfin me voilà dame et maîtresse d'aussi bon jeu qu'une autre ; je la suis par hasard ; n'est-ce pas le hasard qui fait tout ? » (sc. 6). Ce hasard tout-puissant, *Le Jeu* l'examine dans ses effets sur les conditions sociales, mais en le neutralisant provisoirement, puisque Dorante et Silvia, en se déguisant, renoncent à l'avantage de la naissance dans la rencontre de l'autre. Il s'agit d'observer, nous dit Mario, « si leur cœur ne les avertirait pas de ce qu'ils valent » (I, 4), si leur partenaire *les distinguera* malgré l'habit de domestique. Dorante et Silvia se reconnaissent, et reconnaissent aussi leur valeur et leur distinction. Ils démontrent que le hasard des conditions et des déguisements n'a pas été un obstacle à leur amour, bien au contraire.

En jurisprudence, le *jeu* c'est aussi la « collusion, l'intelligence qui est entre quelques parties au préjudice d'une autre ». Or, dans cette histoire, l'amour et le hasard sont bien en effet complices et non ennemis, mais seulement chez les individus aimants, « sérieux » et méritants, bref plutôt dans le camp d'Orgon. Leur collusion a pour fonction d'exclure les autres, ceux qui sont moins « nobles », moins généreux, les Arlequin et les Lisette, par exemple.

3. Le double jeu

Le hasard devient, on le voit, l'enjeu idéologique de la pièce, le personnage invisible qu'il faut à la fois célébrer et éliminer, l'objet de l'ironie par excellence. Silvia et son père lui attribuent une ambiguïté fondamentale, un rôle de *double bind* (de *double contrainte*, pour reprendre la notion psychologique de Bateson : l'hypothèse du *double bind* voit l'origine de la schizophrénie infantile dans une relation contradictoire entre la mère et l'enfant). D'un côté, « le sort est bizarre » (I, 8), le hasard des rencontres et des classes paraît négatif, sans justification, il met une entrave au développement des individus ; et donc, pensent Dorante, Silvia et Orgon, il convient de l'éliminer en utilisant le déguisement, en neutralisant les déterminismes sociaux ! De l'autre côté, l'expérience du déguisement prouve que les couples se reforment selon les mêmes clivages sociaux, que le mérite et la générosité sont les vraies marques de la distinction ; et donc, concluent nos philosophes, le hasard fait bien les choses, et, il faut le rétablir, avec lui la discrimination sociale d'origine. Ce *double bind* engendre deux morales de la pièce et deux lectures possibles de ce double *Jeu*. 1. Une lecture explicite : même sous l'habit domestique, Dorante et Silvia s'aiment, c'est le triomphe de l'amour. 2. Une lecture implicite : l'amour n'est possible qu'entre gens du même monde : « Leur cœur [les a avertis] de ce qu'ils valent » (I, 4) ; le *statu quo ante* s'en trouve aussitôt rétabli. Cette double lecture, ce double jeu explique la duplicité de la fable. Elle instaure une double perspective, le point de vue des maîtres et celui des valets, des conservateurs et des révolutionnaires. A chacun de choisir son camp, sa morale, son parcours dans la pièce, la division est maintenue comme dans un mouvement perpétuel. Impossible de classer l'affaire Marivaux.

4. Le guidage de la réception

De la même manière ambiguë et duplice, la réception du texte est guidée par un ensemble de signaux qui orientent la lecture, font le point sur l'action, soulignent les implications d'une situation ou d'une conclusion. Les personnages-commentateurs s'adressent ainsi, indirectement, au jugement du public, généralisent et théorisent leurs actions :

• MARIO. Voyons si leur cœur ne les avertirait pas de ce qu'ils valent (I, 4).

• SILVIA. Franchement, je ne haïrais pas de lui plaire sous le personnage que je joue ; je ne serais pas fâchée de subjuguer sa raison, de l'étourdir un peu sur la distance qu'il y aura de lui à moi (I, 5).

• SILVIA. Je veux un combat entre l'amour et la raison (III, 4).

• DORANTE. Le mérite vaut bien la naissance (III, 8).

Bien entendu, c'est à chaque fois le personnage qui parle selon son propre point de vue, mais son commentaire a valeur généralisatrice et se présente comme la norme idéologique de ce que le spectateur doit penser s'il veut être « dans l'ordre ». Le guidage explicite de la réception sert à le convaincre que la principale contradiction idéologique est le combat « entre l'amour ou la raison » ou entre l'amour et l'amour-propre. On aurait tort d'accepter ce guidage explicite comme la vérité indiscutable du texte. La contradiction entre amour et amour-propre, amour et raison, n'est que la vision subjective que Silvia voudrait étendre à toute la pièce (et souvent la critique la reprend à son compte sans sourciller). Elle n'est pourtant, comme on le verra, qu'une contradiction superficielle, car trop explicite. L'enjeu idéologique est plutôt l'établissement d'un type nouveau de rencontre et de mariage entre gens de mérite, l'esquisse d'une lutte de classes entre gens du peuple et éléments distingués de l'aristocratie et/ou de la haute bourgeoisie. Dans ce *Jeu* de fausses pistes, le guidage inscrit explicitement dans le texte n'est qu'une manœuvre d'intimidation. La pièce se refuse à livrer la clef des motivations, des conclusions, des solutions toutes faites. Toute réception est déception.

5. Des rencontres sélectives

Marivaux a l'art raffiné de brouiller les cartes, de présenter les rencontres des quatre personnages principaux comme un test objectif, alors que les jeux sont faussés, car il manque les rencontres entre Dorante et Lisette, Silvia et Arlequin. Il est tout de même étrange qu'aucun de ces jeunes gens n'essaie de rencontrer son futur ! Les rencontres scabreuses, entre personnes de conditions différentes, sont réduites à quelques répliques. Arlequin n'a guère le temps de s'intéresser à la « soubrette » Silvia, il ne comprend pas le jeu de mots ironique sur son air *plaisant*, il ne se trouvera jamais en tête-à-tête avec la fille d'Orgon. La rencontre entre Dorante et Lisette n'est pas davantage montrée et rien n'indique qu'elle ait lieu en coulisse. Les amoureux manifestent bien peu d'attirance l'un pour l'autre.

Les vraies rencontres ont donc lieu entre les couples « légitimes », appartenant au même milieu. Ce sont Silvia et Dorante qui se parlent le plus souvent et le plus longuement, à trois moments différents et dédoublés (avec *ou* sans témoin) et ceci à chaque acte (I, 6, 7 - II, 9, 12 - III, 6, 8). Les domestiques, dont les sentiments, plus spontanés, n'ont apparemment pas besoin de la même maturation lente, se voient surtout hors scène, s'il faut en croire Lisette (II, 1 - III, 5), et en deux scènes « accélérées » où l'on voit croître leurs sentiments à la vitesse grand V (II, 3 et 5) avant la scène du dernier acte lorsqu'ils découvrent leur véritable identité. Malgré cette inégalité dans le nombre et la qualité des rendez-vous galants, Marivaux prend soin d'alterner les rencontres des maîtres et des valets, créant un effet de parallélisme.

Chaque scène est l'annonce ou la reprise modulée d'une scène précédente, avec les effets comiques propres au mécanisme de répétition et de parodie. Rien n'est laissé au hasard dans ce jeu dramatique, surtout pas le hasard des rencontres et sa célébration romanesque par les jeunes gens.

6. Le romanesque ou l'ironie du hasard

Pour ironiser sur le hasard, Marivaux fait disserter Dorante et Silvia, dans un style héroïque et romanesque, sur l'*aventure* extraordinaire qui leur arrive, « le coup de hasard le plus singulier, le plus heureux... » (III, 4). Or, le spectateur voit bien que le hasard du double déguise-

ment est vite récupéré par les meneurs de jeu Orgon et
Mario, puis au dernier acte par Silvia. Manière aussi de
liquider un romanesque trop lié à l'univers aristocratique, un univers romanesque charmant, mais ressenti
déjà comme faux et comme appartenant à la chevalerie
ou à un monde idéal démodé.

Orgon et Mario, en stratèges intelligents, technocrates
des beaux sentiments, fondent la rationalité et le mariage bourgeois sur les ruines de l'héroïque, du romanesque, de l'aventure, des hasards de l'existence. Ils se
débarrassent à peu de frais d'une conception romanesque de l'amour et du mariage, mais aussi d'un mode de
production féodal, de toute une civilisation et une littérature héroïque qui pourrait être celle de *Don Quichotte*,
du *Grand Cyrus* de Scudéry (1653), ou du *Faramond* de
La Calprenède (1661-1670), autant de romans où l'héroïsme n'a d'égal que la grandeur des passions. On se
souvient que Marivaux a commencé sa carrière littéraire
en écrivant une parodie burlesque de ce dernier roman.
Manière comme une autre de s'approprier et de liquider
l'héroïsme aristocratique, non sans éprouver pour lui
quelque fascination, comme celle de l'enfant qui démolit
ses plus beaux jouets (*cf.* « Biographie » : 1712). L'ironie
est le contrepoids indispensable aux grands discours que
cette jeunesse dorée tient sur les aventures et les hasards
romanesques. Elle tempère en même temps la célébration complaisante de la famille bourgeoise, du clan des
élus méritants — tentation du drame bourgeois ou lar-
moyant où les héros s'attendrissent sur leur générosité et
leur classe, en ne nous épargnant aucun discours pour
nous en persuader.

La parodie du romanesque, de l'héroïsme et de la
prédestination, dont se chargent les domestiques et les
gardiens de l'ordre familial, est une étape nécessaire
pour fonder un amour « sincère » et désintéressé, autant

que pour établir un nouveau type de mariage, celui des gens de *mérite*, soucieux d'une union *sérieuse*, qui exclut la séduction gratuite des aristocrates comme l'union prosaïque et utilitariste des domestiques.

7. L'invention d'un mariage nouveau

La critique du préjugé de naissance, l'ironie à l'égard du romanesque aristocratique et du mariage de raison, les réserves sur les épousailles « sans cérémonie » des domestiques, tout ceci aboutit à un nouveau type de mariage, fondé sur la communauté des intérêts et des sentiments.

La mésalliance entre Dorante et une soubrette est inconcevable à cause de l'incompatibilité de leur fortune, et non de leur rang ou de leur naissance (III, 8). Le mariage à inventer n'est pas seulement celui d'une union des capitaux, il doit être aussi celui d'une communauté des mérites et des sentiments. Au début du XVIIIe siècle, il n'y a plus d'objection fondamentale à un mariage entre membres de la haute bourgeoisie et de l'aristocratie. C'est plutôt contre le peuple que la famille distinguée doit se protéger. Aussi Arlequin est-il présenté non plus simplement comme un personnage conventionnel et inoffensif de la *Commedia dell'arte*, mais comme un trouble-fête qui menace l'ordre social en voulant rivaliser avec son maître, vivre « but à but » avec lui (III, 7). La comparaison des rôles révèle la position anormale d'Arlequin par rapport au mariage. Dorante consent à épouser celle qu'il croit être une servante ; Lisette, non sans hésitation, consent à ce qu'un homme de condition l'épouse. Il semble ainsi admis implicitement qu'une femme de statut social inférieur s'élève par le mariage au niveau de son mari. Logiquement, Silvia refuse de descendre l'échelle sociale en épousant un valet. Mais Arlequin, lui, n'a aucun scrupule à exiger de la pseudo-

Silvia qu'elle se déclasse en l'épousant. Arlequin est donc l'anomalie sémantique dans ce jeu d'échecs. Ses prétentions sont-elles celles d'un fou, d'un bouffon, d'un personnage grotesque de la *Commedia dell'arte*, ou bien celles d'un dangereux arriviste ? Marivaux choisit plutôt ce dernier éclairage, s'il faut en croire les remarques de Dorante et de Silvia sur la « vulgarité » d'Arlequin. C'est comme valet français répondant au nom de Bourguignon — autre déguisement dans le déguisement — qu'Arlequin apparaît, comme la figure ridicule mais inquiétante du peuple. Figure à la fois reconnue et refoulée, comique et effrayante, tel un bouc émissaire égaré dans ce microcosme des gens distingués.

8. La fin du carnaval

Une fois le déguisement mis en place, Dorante et Silvia ont beaucoup de mal à finir la comédie (II, 11). Ils se sentent entraînés dans un tourbillon et une improvisation qu'ils ne contrôlent plus. Mais dès que l'épreuve d'humilité de Silvia et surtout de Dorante est terminée, le théâtre peut s'arrêter, le monde à l'envers retombe sur ses pieds et retrouve ses lois. L'épreuve subie par les deux jeunes gens leur donne le droit de retourner à leur position de départ, et cette fois-ci avec la bonne conscience d'être à leur place, sous réserve d'être généreux. Ils se diront, avec le Trivelin de *L'Ile des esclaves*, que « la différence des conditions n'est qu'une épreuve que les dieux font sur nous » (sc. 11).

Les personnages

Comment *distinguer* les maîtres des valets ? Toute mise en scène ne manque pas de se poser cette question.

Le spectateur est sans cesse invité à comparer leurs réactions, leurs styles, leurs façons de parler. Le texte abonde en indices qui permettent de contraster les sexes et les classes. Il devient parfois une étude clinique sur les réactions psychologiques de l'homme et de la femme, confrontés à l'idée d'un désir coupé de toute appartenance sociale, sujet brûlant s'il en est.

L'origine sociale de Dorante et de Silvia n'est pas précisée en termes d'appartenance à la noblesse ou à la bourgeoisie, que ce soit dans la liste des personnages ou dans les dialogues. Cet oubli est éloquent. Il témoigne tout d'abord d'un fait sociologique : entre la haute bourgeoisie et la noblesse, il n'y a pas, vers 1730, de différence tranchée de mode de vie, de fortune, d'aspirations culturelles. Dans le public des Italiens, la bourgeoisie et l'aristocratie devaient être capables de s'identifier à Silvia et à Dorante, en ne considérant que leur mérite et que leur grandeur d'âme. L'ambiguïté est maintenue par l'emploi du terme très flou de *noblesse* (d'âme et/ou d'origine) ou de *condition*, et surtout de « *mérite* » (I, 8).

Marivaux remplace des qualificatifs trop étroitement associés à l'un des deux groupes par des expressions plus neutres, plus liées à un ordre moral. Curieusement, certains noms de personnages appartiennent à la Comédie-Italienne (Silvia, Mario, Arlequin), tandis que les autres correspondent au répertoire français (Orgon, Dorante, Lisette). Le nom d'Orgon est d'ailleurs plutôt celui d'un bourgeois que d'un noble ; de plus, Orgon tutoie sa fille, ce qui n'est guère convenable dans une famille de l'aristocratie. Il est probable que le public du XVIIIe siècle saisissait sans difficulté l'identité des personnages grâce à tout un code de détails vestimentaires, intonatoires ou mimiques, mais que Marivaux n'a pas souhaité indiquer plus clairement dans le texte l'origine sociale de cette

famille. De plus, le jeu des Italiens impliquait des
décors, des costumes, des lazzis tout à fait détachés d'un
univers référentiel précis. Au total, hormis deux ou trois
remarques d'Arlequin, on ne trouve aucune allusion à la
société du temps, ce qui fait dire à la critique que *Le Jeu*
se meut dans un cadre féerique. Erreur tragique, car le
réalisme n'est pas une question de détails vrais, mais
d'adéquation entre structure littéraire et structures sociales ! Or, de ce point de vue, *Le Jeu* pose, mieux qu'un
texte philosophique ou politique, des questions sur l'individu, le désir, le mariage.

Voici donc un groupe, mal défini sociologiquement,
renvoyant par certains indices à la société du temps, par
d'autres à une société imaginaire inspirée de l'univers
ludique de la *Commedia dell'arte* ; un groupe où les
maîtres et les domestiques paraissent d'abord suffisamment proches pour imaginer pouvoir échanger leurs
identités ; une famille où le père, le frère et la sœur
s'entendent apparemment à merveille, en dépit de gen-
tilles taquineries. L'équilibre et le parallélisme entre les
deux couples, la répétition ironique du déguisement et le
contrôle à distance qu'effectuent Orgon et Mario, tout
ceci fait oublier un peu vite que cette famille est tout de
même incomplète, puisque les mères, notamment celle
de Silvia, y sont absentes ou font les frais des plaisan-
teries des amoureux (« l'on est quelquefois fille de
condition sans le savoir » [...] « Venge-toi sur la mienne
[ma mère] si tu me trouves assez bonne mine pour cela »,
I, 7). Seuls les domestiques établissent un lien entre
l'amour et la maternité, encore que de manière grotesque, lorsque Arlequin compare son amour pour Lisette à
un grand garçon dont elle est la mère (II, 3). Cette
famille est clairement dominée par la figure patriarcale
d'Orgon. C'est à lui, et à la loi qu'il représente (assisté
du fils, substitut paternel), que Silvia en réfère périodi-

quement. Parallèlement, Dorante est très soucieux de la réaction paternelle, parce qu'il « pense qu'il chagrinera son père en épousant [Silvia] » (III, 4).

Silvia. Le rôle de Silvia a été écrit pour l'actrice du même nom, qui avait alors trente ans (laissons aux biographes le soin d'imaginer les rapports de Marivaux et de sa comédienne favorite). « Les auteurs de ce temps, rapporte d'Argenson — témoin assez sûr de la vie théâtrale de cette époque — se piquaient de faire des pièces exprès pour cette actrice, l'une des plus aimables et des plus grandes qui aient jamais paru pour les amoureuses d'un caractère fantasque, ingénu et spirituel. » Les contemporains nous livrent de charmantes approximations sur le jeu de Silvia : « Personne, nous assure Palissot (1775), n'entendait mieux que cette actrice l'art des grâces bourgeoises et ne rendait mieux qu'elle le tatillonnage, les mièvreries, le marivaudage. » « Elle n'avait, ajoute Sticotti (1769), qu'une manière pour jouer trente rôles différents, mais elle nous charmait d'un plaisir toujours nouveau. » Soit, mais encore ? Elle avait, selon Rouxel (1736), « la prononciation extrêmement brève et l'accent étranger, deux choses qui s'accordent merveilleusement avec la laconicité et le tour extraordinaire des phrases de cet auteur ». Vu tous ces témoignages, on comprendra que sa façon de jouer alliait une diction étrangère, un phrasé restant en surface et refusant les facilités de l'introspection psychologique, une vivacité du geste dans l'esprit de la Comédie-Italienne. Voilà en tout cas qui donne du personnage une image assez éloignée de celle de l'amoureuse tourmentée et introvertie.

Cet entrain vocal et gestuel de l'actrice se prête bien au rôle « focalisateur » du personnage de Silvia. L'action est perçue, notamment au premier acte, selon sa perspective. C'est elle qui imagine le stratagème, invite sa famille à entrer dans le jeu, organise la conquête de Dorante.

On a souvent décrit Silvia — d'ailleurs à juste titre — comme l'incarnation des héroïnes marivaudiennes, des jeunes filles amoureuses en proie à un amour-propre exigeant. Toutes les émotions de la jeune fille sont communiquées au moyen de quelques mots ou d'un geste, explicitées avec une extraordinaire finesse. Marivaux fait le portrait touchant et gentiment moqueur d'une toute jeune fille qui découvre la vie, l'amour et le « futur » en un très court laps de temps. Cette découverte, comme presque toujours chez l'auteur de *La Vie de Marianne*, passe par la *surprise de l'amour*, laquelle naît du désir, de l'émoi, et, dans cette pièce, de la *surprise du langage*, de l'étonnement face à un valet qui — chose impensable — sait la « conséquence d'un mot » (II, 11).

Dans les pièces dont Marivaux s'est inspiré, la personne qui déguise son identité est une veuve qui craint les coureurs de dot et veut, cette fois-ci, mettre toutes les chances de son côté. On s'est interrogé aussi sur le sadisme avec lequel Silvia tourmente le pauvre Dorante, sur son « insatiable vanité d'amour-propre », comme dit Orgon (III, 4). Mais, n'oublions pas que Silvia est contrainte, de par son éducation et de par son entourage, de se méfier de Dorante, roué en puissance, et de l'éprouver, avant de le séduire, tout en ménageant ses scrupules... Mission délicate en vérité et qui nécessite un sacré sens du *timing* (dont on n'a d'ailleurs aujourd'hui plus idée) puisque Silvia ne doit pas forcer les choses en séduisant trop rapidement Dorante : celui-ci doit hésiter longuement (mais pas trop non plus), car un tel manquement aux usages ne peut se faire à la légère. Le séduire trop facilement, ce serait en effet faire peu de cas de ses *scrupules* d'homme de condition amoureux d'une

chambrière. Tel est le sens des dernières paroles de
Silvia à Dorante : « A votre tour, jugez de mes sentiments pour vous, jugez du cas que j'ai fait de votre cœur
par la délicatesse avec laquelle j'ai tâché de l'acquérir »
(III, 9). Cette petite souffrance imposée à Dorante,
Silvia la considère comme indispensable à la fon-
dation de son amour, petite taxe idéologique à payer
aux usages.

Silvia se trouve dans une situation difficilement sup-
portable de *double bind*, puisqu'elle est sommée d'obéir
à des ordres contradictoires. Son père lui ordonne de ne
pas lui obéir (I, 2), elle est libre de mettre le masque,
puis obligée de le garder (II, 11), elle a ordre d'être
spontanée, tout en respectant les usages. Seulement *in
extremis*, lorsque Dorante lui aura offert et son cœur et
sa main, elle pourra lui « obéir avec plus de joie qu'on
n'en eut jamais » (III, 9).

Ce *double bind* conduit Silvia presque à la schizophrénie. Il explique peut-être sa phobie pour le déguisement,
le masque, le théâtre. Dès qu'elle est confrontée à l'idée
de « connaître le futur », Silvia l'imagine nécessairement
masqué, contrefait, déguisé, caché derrière une « physionomie », une « figure » (I, 1), un habit, une garde-robe,
une parure (I, 7), un discours de séduction, bref un
corps étranger. Son fantasme est de démasquer, de dénu-
der le candidat au mariage, afin de l'« examiner un peu
sans qu'il [la] connût » (I, 2). Elle ne parvient pas à
imaginer que l'objet de son observation puisse avoir eu
la même idée, et elle le voudrait à la fois démasqué (nu
et sans défense) et masqué (se cachant dans un discours
galant et non pas muet dans l'adoration) (II, 9). Et jus-
tement — miracle des affinités électives — Dorante a le
même fantasme (ou si l'on veut, un fantasme inverse) :
il veut « sous cet habit pénétrer un peu ce que c'était que
[sa] maîtresse, avant de l'épouser » (II, 12), et, lorsque

Silvia lui avoue enfin son amour, « ses paroles ont un feu qui le pénètre » (III, 8).

Toutes ces notations décrivent le malaise physique qui s'empare de Silvia, dès que son système de valeurs et d'attentes est bouleversé, que le corps et la parole, l'être social et le masque théâtral sont dissociés. Silvia est littéralement hors d'elle-même, elle ne peut quitter la scène (I, 7), elle ressent « une indignation... qui... va jusqu'aux larmes » (II, 7), elle « frissonne » (II, 8). Devant cette défaillance du corps, son discours — ultime carcan idéologique — ne peut que proliférer ; il l'entraîne toujours plus loin, comme pour combler l'évanouissement du corps (II, 9).

Dorante. Que Dorante est un brave jeune homme, généreux et noble, Silvia et les critiques nous le répètent assez pour qu'on n'ait aucune raison d'en douter. Lui-même d'ailleurs, lorsque tout est découvert, se félicite, sans fausse modestie, des preuves de sa tendresse. Sa réussite en effet est éclatante, puisqu'il a vaincu son orgueil de caste, acquis l'admiration d'Orgon et de Mario, ridiculisé les prétentions de son valet et surtout montré à Silvia l'étendue de son amour : « J'aurais honte que mon orgueil tînt encore contre toi, et mon cœur et ma main t'appartiennent » (III, 8). Dorante a été prêt à épouser Silvia en tant que soubrette. Cette marque d'amour sincère le *distingue* aux yeux de tous. Elle témoigne de sa *noblesse* d'âme, de son *mérite*. En prouvant que son amour est *sérieux* (le terme revient une dizaine de fois : I, 7, 9 - II, 1, 4, 11, 12 - III, 2, 8), Dorante fonde un amour qui n'est plus « un amusement d'un homme de condition » (III, 8), mais un engagement social. *Respecter* une femme, cela veut dire, dans le langage codé de l'époque, ne pas se contenter d'une aventure passagère, mais s'engager à l'épouser. Dans *La*

Vie de Marianne, Mme de Miran s'inquiète de ce que son fils ait témoigné du respect pour Marianne : « Mon fils [...] avait marqué un vrai respect pour elle ; et c'est ce respect qui m'inquiète : j'ai peine, quoi que vous disiez, à le concilier avec l'idée que j'ai d'une grisette. S'il l'aime et qu'il la respecte, il l'aime donc beaucoup, il l'aime d'une manière qui sera dangereuse, et qui peut le mener très loin. » (Ed. Deloffre, Paris, Garnier, p. 177).

Alors que l'action tourne surtout autour de Silvia, qu'elle focalise le déroulement de la fable, Dorante est plus passif et livré au regard du clan d'Orgon. C'est que sa fonction est beaucoup plus idéologique et qu'il doit prendre la décision difficile d'épouser une soubrette. Son portrait psychologique est assez symétrique de celui de Silvia : même élégance, même raffinement verbal, même goût pour les complications psychologiques, même art de la repartie et maîtrise du langage. Dorante passe par les tourments, les hésitations et les réactions de Silvia, « cette aventure-ci [l']étourdit » (I, 9). Pourtant, il cède le premier et relativement vite, dès la troisième entrevue, et, comme il se doit, en deux temps : il donne son cœur (II, 9), puis sa main (III, 8). Mais son épreuve n'est pas seulement sentimentale (amour, jalousie, irrésolution, etc.), elle est surtout sociale, puisqu'il fait l'expérience de la condition de valet : Arlequin ne manque pas une occasion de l'humilier en public ; Mario lui fait sentir que sa « livrée n'est pas propre à faire pencher la balance en [sa] faveur » (III, 2) ; Silvia le refuse parce que, déguisé en valet, il n'est ni riche, ni d'une condition honnête (II, 9). La violence de ses rapports avec Arlequin (I, 9 - III, 1) n'en est que plus frappante, comme si les humiliations subies sous l'habit du valet provoquaient une agressivité contre celui qui joue un instant le rôle du maître, comme s'il voulait en fait

punir son valet de se comporter comme un maître (autre
cas de *double bind*).

Au *vouloir-dire* de Silvia s'oppose le *vouloir-voir*
absolu de Dorante. Venu chez Orgon pour contempler la
future avant de donner sa parole, il commence d'abord,
pour « lier connaissance », par « dire des douceurs »
(I, 7). Surpris des reparties spirituelles de cette préten-
due soubrette, presque battu sur son propre terrain — la
parole et l'idéologie — il voudrait, au second acte, se
réfugier dans la contemplation muette :

SILVIA. Si tu n'as que cela à me dire, nous n'avons plus
    que faire ensemble.
DORANTE. Laissez-moi du moins le plaisir de te voir
    (II, 9).

Lorsqu'il recouvre la parole, elle devient alors pour lui
aussi un refuge, une excroissance, un affolement, et il se
lance dans des déclarations romanesques et pathétiques
(« Désespère une passion dangereuse, sauve-moi des effets que j'en crains » II, 10). Mais le chevalier servant
de Silvia, féru de romans chevaleresques, n'aura pas à
souffrir aussi longtemps que les soupirants d'autrefois.
Son amour, sincère et illimité (« que d'amour ! » III, 8)
lui ouvrira vite les portes du paradis terrestre, et tout
d'abord, celles du salon d'Orgon.

Orgon, ainsi que Mario, sont des « personnages latéraux », auxquels sera réservée la faculté de « voir », de
regarder les héros vivre la vie confuse de leur cœur. Ils
ausculteront et commenteront leurs gestes et leurs paroles ; ils interviendront pour hâter ou retarder leur mar-
che, faire le point d'une situation toujours incertaine,
interpréter des propos équivoques. Ce sont les personnages témoins, successeurs de l'auteur-narrateur des romans et délégués indirects du dramaturge dans la pièce.

De l'auteur, ils détiennent quelques-uns des pouvoirs : l'intelligence des mobiles secrets, la double vue anticipatrice, l'aptitude à promouvoir l'action et à régir la mise en scène des stratagèmes et comédies insérés dans la comédie » (Rousset, p. 54).

Orgon, homme bienveillant, figure débonnaire du destin bourgeois, « le meilleur de tous les hommes », comme dit Lisette admirativement, incarne toutes les bonnes qualités du « père moderne » : père « pépère » et non père sévère. Soucieux du bonheur de sa fille, ménageant ses sentiments et sa liberté, l'encourageant à prendre des initiatives, il ne manque pas de générosité, fidèle à sa devise : « Dans ce monde, il faut être un peu trop bon pour l'être assez » (I, 2). On est bien loin des pères bougons ou abusifs de Molière. Orgon inaugure un nouveau type de rapport familial, ménage l'individualisme naissant et les intérêts bien compris de son groupe. Un peu voyeur (II, 10), un peu expérimentateur (I, 4), il n'a ni la curiosité ni la perversité du Prince de *La Dispute*. Il guide au mieux la réception idéologique explicite de la pièce, telle que Marivaux voudrait la faire partager au public. D'où ses mises au point, bien utiles au lecteur d'aujourd'hui, peu versé dans la casuistique matrimoniale : « D'ailleurs, à le bien prendre, il n'y a rien de plus flatteur ni de plus obligeant pour lui que tout ce que tu as fait jusqu'ici, ma fille » (III, 4). Avec son air « de ne pas y toucher », il contrôle pourtant la situation d'un bout à l'autre. Il affectionne les sentences, et sait même faire jouer des maximes implicites, plus contraignantes qu'il n'y paraît. Ainsi pour ces deux phrases, sans rapport évident : « Tu sais combien je t'aime. Dorante vient pour t'épouser » (I, 2). L'absence de jonction et de lien logique entre les deux remarques, leur rapidité même, suggèrent une conclusion inverse du discours apparent, à savoir que l'amour paternel reste la meil-

leure garantie pour décider du mariage des enfants.
Figure aimable du libéralisme et du pragmatisme bourgeois, Orgon propose, avec la complicité de l'amour et
du hasard, un nouveau type de mariage, sans longs discours moralisateurs ou larmoyants. Il ne lui reste plus
qu'à exhiber à Dorante ébahi la lettre de l'autre père,
pour réconcilier le désir et la loi, la parole et l'écrit,
rétablir les équilibres, établir les contrats. Cet homme,
on le voit, ne laisse rien au hasard, surtout pas les coups
de foudre de sa fille et héritière.

Arlequin détonne dans ce milieu « bon chic bon genre »
de la maison d'Orgon. Même si Mario et Silvia portent
eux aussi des noms traditionnels de la Comédie-Italienne, c'est Arlequin qui la représente le mieux dans
cette pièce. Enfant chéri de la *Commedia dell'arte*, naïf
rusé, homme et bête, acteur et acrobate, capable d'étof-
fer son jeu par des lazzis désopilants, Arlequin porte
encore (très probablement) le masque en 1730, à la création de la pièce, ainsi que sa célèbre livrée faite de
losanges multicolores. Du personnage traditionnel, il a
conservé le goût de la bouteille (I, 10 - II, 4) et des
soubrettes, ainsi que le côté animalesque, s'il faut en
croire Silvia (II, 7) et Lisette (III, 6). Certes, Arlequin a
subi bien des modifications en voyageant de son Italie
natale du XVIe siècle jusqu'à la France du XVIIIe siècle,
mais il conserve tout de même nombre de traits physiques de son lointain ancêtre. Lélio, le chef de la troupe
des Italiens à Paris, décrit son agilité légendaire en ces
termes : « Au reste, le personnage d'Arlequin de notre
temps retient toujours ce que le théâtre lui a donné par
une ancienne tradition [...], c'est-à-dire des gestes, et des
singeries très comiques. En France, on l'appelle mimique et selon mon sentiment, avec toute raison. Il conserve aussi l'agilité du corps en Italie. La première chose

que demande généralement le peuple, c'est de savoir si l'Arlequin est agile, s'il fait des culbutes, s'il saute et s'il danse » (*Histoire du théâtre italien,* t. II).

Marivaux ne signale guère, comme dans ses premières pièces pour les Italiens, les lazzis de son personnage, mais il est probable que l'acteur Thomassin n'en était pas avare. Le port du masque et du costume à losanges visible sous l'habit d'emprunt rappelle constamment au public que ce soi-disant Dorante est un valet et un bien piètre comédien. Le public sait toujours à quoi s'en tenir à propos de cette dénégation ambulante qu'est le petit Arlequin. On voit bien qu'il est incapable de donner le change, ni même de faire courir le moindre danger aux bonnes familles. Tout au plus sourit-on de sa naïveté ou de sa prétention à jouer les grands seigneurs. Avec un tel accoutrement, il n'y a pas grand suspense idéologique ou trouble érotique à l'idée de voir un domestique rivaliser avec son maître.

Et pourtant, malgré son masque, sa livrée, ses lazzis, son lien charnel à la *Commedia dell'arte*, Arlequin, et Marivaux avec lui, s'éloigne de la dramaturgie typique de la comédie italienne. Arlequin se prend au jeu, il revendique le droit d'épouser la « fille » d'Orgon et de vivre « but à but » avec Dorante (III, 7) ; il fait des allusions satiriques à son époque (« Un coquin peut faire un bon mariage », III, 5). En s'inscrivant beaucoup plus qu'autrefois dans la société, en refusant de se cantonner dans son rôle de pitre, il acquiert une dimension réaliste et mimétique, qui déplace la pièce tout entière vers un drame plus réaliste (ce qui prouve que la description des contradictions idéologiques n'est pas une affaire de contenus réalistes, mais un rapport des contenus à la forme). Cette dimension critique du personnage, qui choquait tant le public de l'époque (voir *supra* « La réception »), provoque un rejet général : Dorante veut le

battre, Silvia ne supporte plus sa vue, même Lisette le
trouve trop direct. Rejeté parce que trop pressé de séduire, de parvenir, de s'enrichir, il devient le double
négatif de Dorante, l'envers de la distinction, le bouc
émissaire de cet élégant microcosme.

Lisette n'a pas la vulgarité que tous prêtent à Arlequin, sans doute parce que l'idéologie de l'époque (et la
nôtre encore probablement) veut qu'une femme soit
plus modelable et éducable, qu'elle puisse s'adapter à un
parti au-dessus de sa condition. Son statut auprès de
Silvia varie considérablement au cours de l'intrigue.
Dame de compagnie, voire confidente (mais jamais
substitut maternel) avant le déguisement, la « coiffeuse
de Madame » (ainsi qu'elle se nomme elle-même, en
dévoilant son identité à Arlequin, III, 6), devient vite sa
rivale non pas sur le plan sentimental — les deux femmes ne s'intéressent pas au même homme — mais
socialement, puisque Lisette prétend séduire un
« homme de condition » (le pseudo-Dorante) alors que
Silvia le lui interdit tout d'abord (II, 7), d'autant plus
fermement qu'elle est elle-même amoureuse d'un « valet ». Aucune complicité féminine qui résiste à la rivalité
des amoureuses et, encore moins, à celle des classes.

Silvia dénie à Lisette le droit de « répondre de [ses]
sentiments » (I, 1) et l'expérience confirme en effet la
différence de « nature » entre les deux femmes. Malgré
ses espoirs d'ascension sociale, Lisette redevient la servante (et donc moins qu'une suivante ou une confidente), sans d'ailleurs paraître trop déçue. En réalité, elle
n'a jamais été attirée par Dorante déguisé en valet. Elle a
de lui une opinion trop négative, car cet « original » qui
« fait l'homme de conséquence » (II, 1) ne correspond
pas à l'image médiocre qu'elle se fait d'un valet.
L'épreuve ne semble pas avoir été traumatisante pour

elle, puisqu'elle aime Arlequin « en dépit de toutes les fautes d'orthographe » (II, 5). Du moins ne saura-t-elle jamais, à la différence de Silvia et de Dorante, si elle aimait Arlequin *aussi* parce qu'il avait un habit d'homme de condition.

Le travail de l'écrivain

Un ré-écrivain ?

Séparer le travail du dramaturge de celui de l'écrivain serait aussi arbitraire qu'absurde. C'est pourtant ce que la critique marivaudienne, du moins à ses débuts, n'a cessé de faire, en reconnaissant à Marivaux le talent de dessiner habilement une intrigue ou d'esquisser finement un personnage, mais en lui reprochant son style « métaphysique » et précieux, ses tournures trop recherchées, son « goût de l'expression ». C'était oublier que le travail de la langue n'est rien sans l'animation de la scène par le jeu des acteurs. L'artiste du verbe, le psychologue, le métaphysicien, qui coexistent en Marivaux, ne travaillent jamais dans le vide. Ils s'expriment toujours à travers des personnages, donc des acteurs qui tiennent leur rôle.

Il vaudrait d'ailleurs mieux parler, à propos de Marivaux, d'un « ré-écrivain » plutôt que d'un *auteur* (que *Le Spectateur français* ou *L'Indigent Philosophe* décrivent non sans humour). Car il écrit presque toujours à partir d'un autre texte sinon contre lui, commence sa carrière littéraire par des parodies comme *Le Télémaque travesti* ou *L'Homère travesti*. Il se parodie volontiers lui-même : *La Voiture embourbée* (1713) et *Pharsamond* (1713, 1737) font la parodie de sa grande œuvre romanesque : *Les Effets surprenants de la sympathie* (1713-1714). Le motif du *travestissement*, qu'il soit vestimentaire, mimique, gestuel ou social, se dissimule aussi dans le masque de l'écriture, dans l'aptitude à persifler et à dédoubler le discours d'autrui, à faire se rencontrer deux textes en un seul, à parodier un texte préexistant. Ré-écrire pour se moquer de l'autre, c'est bien là une des motivations de la parodie.

La parodie

Au XVIIIe siècle, la parodie est un genre littéraire qui a ses amateurs passionnés, notamment dans des théâtres comme ceux des Italiens ou de la Foire qui excellent à parodier les troupes rivales, surtout la Comédie-Française. La parodie est ainsi « un ouvrage en vers, composé d'une pièce entière ou sur une partie considérable d'une pièce : de Poésie connue, que l'on détourne à un autre sujet et un autre sens, par le changement de quelques expressions » (abbé Sallier, *Discours sur l'origine et le caractère de la parodie*, 1733). En ce sens technique, Marivaux n'a pas vraiment parodié ses sources, qu'il s'agisse de *L'Épreuve réciproque* (1711) ou du *Galant Coureur* (1722) de Le Grand, de *L'Heureuse Surprise* (1716) joué par les Italiens, du *Portrait* (1727) de Beauchamps ou des *Amants déguisés* (1729) d'Aunillon (voir « Biographie » : 1730). Le lien à ces sources est assez lâche, puisque Marivaux ne fait que reprendre des situations de départ : double déguisement, désintérêt des protagonistes pour leur futur(e) théorique, succès de la véritable rencontre.

La grande originalité du *Jeu*, c'est d'intégrer la parodie à la structure de la fable, de faire faire la parodie de chaque groupe par l'autre. La parodie est en somme la situation naturelle des quatre principaux personnages, puisque chacun est censé parler et se comporter en imitant une autre personne. Le parallélisme force la caricature et le burlesque. Bien sûr, il n'y a parodie et effet comique que parce que l'imitation n'est pas très réussie et que l'on continue à percevoir l'objet parodié et le parodieur, le domestique derrière le « maître », et le maître sous la livrée du domestique. Mais les parodieurs ont des talents bien différents. Silvia et Dorante, aussi généreux et romanesques soient-ils, n'ont pas trop le sens de l'humour, puisqu'ils sont incapables de tenir leur rôle de domestique. Ils arrivent tant bien que mal à se tutoyer, sans pouvoir « abjurer les façons » (I, 7). Pas question pour eux de s'abaisser à employer des « façons de parler sottes et triviales » (I, 9) pour faire peuple. Ils ne sauraient « parler autrement » (III, 2) et ils démontrent éloquemment que le langage obéit à des règles et à des interdits de classe. Lisette et Arlequin n'ont pas les mêmes inhibitions et ils s'adonnent à la parodie du discours de maîtrise. Pour eux, ce discours est avant tout précieux, contourné, compliqué à l'excès, truffé de « merveilleuses dames », de « reines », de « princesses », d'« amours » en pleine crise de croissance (II, 3). Langage précieux dont ils aiment utiliser les expressions abstraites de façon concrète : « Je brûle et je cours au feu » (II, 5) - « Mes charmes vont bon train » (II, 1). Certes, on est en droit de penser, avec Dorante, qu'ils sont incapables de « laisser là [leurs] façons de parler sottes et triviales » (I, 9), qu'ils n'imitent que grossièrement et exagérément la rhétorique des maîtres. Mais on peut aussi bien affirmer — et la précision de leurs allusions, le gauchissement systématique de leurs termes nous en convainc aisément — qu'ils singent leurs maîtres pour mieux les ridiculiser et rire de leurs manières affectées.

Tout le travail sur la langue, toute l'appréciation de la parodie et de l'ironie passent par la mise en évidence, grâce à l'énonciation de l'acteur, de la comédie de la parole, de la conscience de jouer avec les mots, d'influer

sur le monde en usant du langage. La pièce prend bien
garde de ne pas « fermer » la parodie, de ne pas privi-
légier définitivement et nettement l'un des deux couples,
de ne pas décider entre un discours des vainqueurs et un
discours des vaincus.

La parodie se double de la sorte d'un mécanisme
d'ironie inscrit dans le texte (et que seule *une* lecture ou
une mise en scène peut dérégler), ironie qui s'exerce
indifféremment à l'encontre du discours romanesque ou
des tournures grotesques. Chaque groupe est tour à tour
parodieur ou parodié, instituant un mouvement perpétuel digne d'un parfait cercle herméneutique (ou — si
l'on préfère une métaphore parodique — digne de faire
tourner tout commentateur en bourrique...).

Mais tout jeu a ses limites, et le troisième acte finit
par trancher en faveur des maîtres ; la distinction se
range de leur côté, l'écart avec les domestiques se creuse
à jamais. Dorante réussit l'épreuve de générosité imposée par Silvia, tandis qu'Arlequin révèle au contraire des
côtés arrivistes et vindicatifs (III, 2, 7) et que Lisette n'a
plus de scrupules à « débaucher » un homme de condition.

Le réseau des mots

Tout est parodie de tout, mais toujours selon un parcours qui ne doit rien au hasard. Certains termes —
petits cailloux blancs disséminés tout le long de la fable
— servent de points de repère pour juger l'évolution des
personnages ou comparer leurs facultés linguistiques.
Ainsi en va-t-il de *plaire* (I, 5, 6, 8, 9 - II, 1) et de ses
dérivés, *plaisant* (I, 2, 4, 8), *plaisanter, déplaire* (I, 7). Le
jeu sur les mots met en valeur les héritiers, disqualifie
les grossiers personnages, introduit des variations dans
le sens des termes, instaure un parcours signifiant. Silvia
s'apitoie par exemple sur le sort du pseudo-Bourgui-

gnon, parce que « la *fortune* a tort avec lui » (I, 7) ; mais
lorsque Dorante lui proposera le mariage, le mot prendra vite son sens économique : « Quoi vous m'épousez
malgré ce que vous êtes, malgré la colère d'un père,
malgré votre *fortune* ? » (III, 8). Ce n'est pas un banal
cas d'homonymie. Ce changement sémantique reprend
toute l'idéologie de la pièce, il correspond à la transfor-
mation d'une croyance romanesque en une réflexion
rationnelle sur le mariage bourgeois.

   On ferait la même observation à propos du mot *des-
tiner*. Lisette sait bien que c'est Orgon qui en réalité
destine Dorante à Silvia (I, 1), tandis que cette dernière
s'imagine que Dorante et elle sont « destinés l'un à
l'autre » (II, 11) par quelque prédestination bienveil-
lante.

   La parodie utilise également des « effets stéréophoni-
ques » d'échos comiques, en faisant reprendre un même
terme par des personnages différents. Arlequin se voit
ainsi qualifié par Silvia, puis par Lisette d'*animal* (II, 7 -
III, 6) ou de *faquin* (I, 6 - III, 3).

   Le travail de l'écrivain est, on le voit, tout aussi
minutieux que celui du dramaturge, qui pense en termes
de situations et d'intrigues, ou de l'acteur italien, qui
traduit toutes ses subtilités verbales en un discours cor-
porel faisant semblant de les ignorer. Pour autant que
les acteurs réussissent — comme le souhaitait Marivaux
— à se retenir de la « fureur de montrer de l'esprit », la
complexité des jeux de langage ne le cède en rien à celle
des intrigues et des lazzis. Elle est, pour ainsi dire, excu-
sée par la distanciation effectuée par l'acteur. Comme si
la complexité extrême du texte avait l'élégance « naturelle » de se soumettre aux exigences de la scène et de
l'acteur.

   C'est tout naturellement que nous extrairons à présent
et à cet endroit quelques pensées principales, lesquelles

prennent fréquemment, dans cette pièce, la forme privilégiée de la maxime.

Pensées principales : les maximes

Il est difficile d'isoler, dans un texte théâtral fondé sur la réplique et sur ce qui est dit *entre* les paroles, un ensemble de formules clefs et de pensées principales. Mais, dans ce *Jeu*-ci et selon la lecture ici proposée, les personnages ont tendance à formuler des jugements ou des opinions qui prennent la forme de maximes. L'une d'elles est devenue presque proverbiale :

« Dans ce monde, il faut être un peu trop bon pour l'être assez » (I, 2 ; l. 63).

Ce n'est pas simplement un mot d'auteur ou une caractérisation de la bonhomie d'Orgon, c'est surtout l'hypothèse que la pièce doit vérifier. Et, de fait, Dorante dénoue les conflits en prenant le relais idéologique de son « beau-père de la veille ou du lendemain », et conclut la pièce par une maxime qui justifie la mésalliance :

« Le mérite vaut bien la naissance » (III, 8 ; l. 141).

La maxime a partie liée avec l'idéologie dominante, comme pour confirmer ou inventer une formule en prenant appui sur l'évidence de ce qui se donne comme une proposition logique indiscutable. On pourrait d'ailleurs relever des maximes idéologiques implicites qui sous-tendent toute l'idéologie du texte et sont d'autant plus efficaces qu'elles restent enfouies dans le texte (voir *supra*, l'analyse du personnage d'Orgon). Ce sont surtout les personnages « latéraux » et « idéologiques » qui ont voix au chapitre et à la formule fignolée de la maxime :

Orgon et Mario, substitut du père et double « éclairé »
de Silvia, qui se sent capable de disserter sur l'amour-
propre des femmes (III, 4). Silvia, quant à elle, commence par débiter des sentences qui font sourire par leur
naïveté effrayée :

« Dans le mariage, on a plus souvent affaire
à l'homme raisonnable qu'à l'aimable homme... »
« Volontiers, un bel homme est fat » (I, 1 ; l. 68 et
l. 58).

La suite des événements se chargera vite de contredire
pareilles formules *a priori*.

Quant aux valets, ils ne parviennent pas à s'élever
au-dessus de leur condition linguistique médiocre et
inapte à l'abstraction sentencieuse. Arlequin ne fait de
maximes que pour imiter et blesser son maître :

« Un honnête homme ne prend pas garde à une chambrière » (III ,7 ; l. 31).
ou pour constater la réalité d'une pratique sociale :
« Un coquin peut faire un bon mariage » (III, 1 ;
l. 18).

Lisette ne dépasse pas les formules tautologiques :
« Un mari, c'est un mari » (I, 1 ; l. 116).

N'est donc pas sentencieux qui veut. Et bien souvent
le personnage l'est contre son gré, en fonction de ce que
l'on désire faire ressortir de la fable. Car tout, dans un
texte, peut devenir une pensée principale, et le commentateur, pour être beau joueur, devrait renvoyer à l'ensemble de la pièce.

La pièce et son public

XVIIIe siècle

Sur la réception lors de la création de la pièce, voir
plus haut, p. 91. Le *Mercure de France* d'avril 1730,

outre les remarques sur la vraisemblance (voir p. 92), insiste sur le déséquilibre des trois actes :

« On aurait voulu que le second acte eût été le troisième, et l'on croit que cela n'aurait pas été difficile ; la raison qui empêche Silvia de se découvrir après avoir appris que Bourguignon est Dorante, n'étant qu'une petite vanité, ne saurait excuser son silence ; d'ailleurs, Dorante et Silvia étant les objets principaux de la pièce, c'était par leur reconnaissance qu'elle devait finir, et non par celle d'Arlequin et de Lisette, qui ne sont que les singes, l'un de son maître, l'autre de sa maîtresse. Au reste, tout le monde convient que la pièce est bien écrite et pleine d'esprit, de sentiment et de délicatesse. »

La pièce est régulièrement réimprimée (1732, 1736, 1740, 1758) et jouée assez régulièrement, même après la fusion de la Comédie-Italienne avec l'Opéra-Comique. La « francisation » de la pièce, notamment le changement du nom d'*Arlequin* en *Pasquin* remonte, comme l'a bien montré Frédéric Deloffre, à 1779. En 1796, la pièce entre au répertoire du Théâtre-Français. Elle devient une des pièces les plus jouées de Marivaux.

XIXᵉ siècle

Au XIXᵉ siècle, Marivaux acquiert définitivement l'image d'un auteur de salon élégant et précieux, charmant mais superficiel et trop lié à une époque révolue. Théophile Gautier apprécie l'époque brillante, mais aussi l'empreinte de la *Commedia dell'arte* et de Watteau, ainsi que la parenté avec Shakespeare :

« En écoutant cette charmante comédie des *Jeux de l'amour et du hasard*, il nous semblait impossible que Marivaux n'eût pas connu Shakespeare. Marivaux, nous le savons, passe pour peindre au pastel dans un style léger et un coloris d'une fraîcheur un peu fardée, des figures de convention, prises à ce monde de marquis, de chevaliers, de comtesses évanoui sans retour ; et pourtant, dans *Les Jeux de l'amour et du hasard*, respire comme un frais souffle de *Comme il vous plaira.* » (Th. Gautier, *Histoire de l'art dramatique en France depuis vingt-cinq ans*, 1851.)

xxᵉ siècle

On doit à Xavier de Courville une redécouverte de Marivaux, au début de ce siècle, une mise en évidence de l'aspect italien de son œuvre. En insistant, à juste titre, sur l'origine italienne, Courville contribue toutefois à réduire ce style à celui d'un monde de fantaisie, qui s'opposerait, comme sa négation, au réalisme des pièces écrites pour la Comédie-Française. Nous avons voulu montrer, au contraire, que la forme d'ailleurs distordue de la Comédie-Italienne est précisément ce qui permet le discours social et son masquage. Le témoignage de Courville reste pourtant irremplaçable pour saisir la transcodification que la pièce subit en passant d'un style de jeu à l'autre :

« Cette comédie est sans doute celle où le passage de la scène italienne à la scène française contribua le plus à fausser le renom de Marivaux. Dès la fin du xvIIIᵉ siècle, le marquis de Paulmy, la proposant aux théâtres de société dans son *Manuel des Châteaux*, écrivait : "Quoiqu'il y ait un grand rôle d'Arlequin dans cette pièce, il est aisé de la jouer, en substituant un valet qui y va tout aussi bien." Il ne se doutait pas du danger qu'il y avait à remplacer le masque par la perruque. Le raffinement extrême du dialogue, l'atmosphère de bonne compagnie qui règne dans le salon de Monsieur Orgon pouvaient déjà donner le change : reflets peut-être de cette Comédie-Française où Marivaux avait tenté ses derniers essais, et de la société polie qu'il fréquentait de plus en plus. Mais en dépassant l'auteur dans cette voie, en quittant le domaine de la fantaisie, on risquait de s'enferrer dans une comédie de mœurs, dont les détails surprennent. Comment ce père a-t-il l'imprudence d'abandonner sa fille aux outrages possibles d'un valet ? la cruauté de la tourmenter deux actes sans abréger son martyre ? Il y a bien de l'exagération dans la balourdise de ce faux Dorante ! Quelle délicatesse il fallait pour sauvegarder la décence dans ces entrevues entre la fille de la maison et le laquais de son amant ! Et que tant d'équivoques sont invraisemblables ! Or, tout cela cesse d'étonner si l'on veut bien rester à la Comédie-Italienne, et préserver ce *Jeu* qui reste un jeu, des lois de la réalité et des règles de la Comédie-Française. Marivaux ne prétendait pas quitter ici le monde artificiel où seuls les sentiments vibrent selon l'ordre de la nature. Cette fille de la maison, c'est encore Silvia : ce laquais n'est point Pasquin, mais Arlequin. » (Préface à l'édition du *Jeu de l'amour et du hasard*.)

La pièce continue à être jouée fréquemment aujourd'hui, mais plutôt dans les théâtres institutionnels, comme la Comédie-Française, que par de jeunes troupes plus expérimentales. Dans un texte inédit conservé dans le dossier de la pièce à la bibliothèque de la Comédie-Française, Albert Thibaudet définit le ressort comique de cette « comédie où l'on ne rit contre personne » :

« Avec Molière, nous rions contre quelqu'un. Nous rions continuellement contre les malheureux pourvus d'un ridicule ou d'un travers : Orgon, Jourdain, Argan. Nous rions contre les égoïstes et les méchants, à l'heure où ils tombent dans leurs propres pièges : Arnolphe, Tartuffe. Nous rions dans *Le Misanthrope* contre la société, moins peut-être contre ceux qui la composent que contre elle-même, contre ses conditions, sa nature, son mouvement, sa vie. *Le Jeu de l'amour et du hasard*, au contraire, nous donne une comédie où l'on ne rit contre personne.

« Il n'y a là que des personnages délicieux. Ne doutez pas que si le père du *Jeu*, M. Orgon, eût figuré dans une comédie de Molière, il eût été représenté comme un tyran, un bougon, et que tout le stratagème du déguisement eût été ourdi contre lui, ou plutôt contre deux pères, celui du jeune homme et celui de la jeune fille. Pour Marivaux, c'est un honnête homme intelligent, bon et fin. Silvia et Dorante respirent le romanesque le plus aimable, le sentiment le plus frais, l'imagination la plus lumineuse. Et valet et soubrette participent eux-mêmes de cette distinction. Ce château de M. Orgon isole une humanité idéale, à tel point qu'il faudrait songer ici à un monde cornélien plutôt qu'à ce monde racinien avec lequel Marivaux a par ailleurs tant d'affinités.

« Et pourtant *Le Jeu* reste une comédie où l'on rit, où tout au moins l'on rit dans la mesure où l'on comprend. Alors de quoi rit-on ?

« Le secret est bien simple. Au lieu de rire de ce que sont les personnages, on rit de ce qu'ils *disent*. La pièce est une comédie non pas parce qu'ils sont comiques, mais parce qu'ils sont gens d'esprit. On ne rit plus contre eux, on rit avec eux et par eux. Le comique du *Jeu* n'est pas dans les caractères. Il est très peu dans les situations. Il est beaucoup dans les mots.

« Dans ce comique de mots, Marivaux est demeuré unique. Certainement le comique de mots paraît plus étincelant et plus mordant dans *Figaro*. Le XIXᵉ siècle lui a fait avec Augier et Dumas une fortune étonnante. Ces mots touchent en général la vie politique, la vie sociale, les mœurs. Leur sel, conformément à la tradition moliéresque, est la plupart du temps un sel satirique. Au contraire les mots de Marivaux expriment un aspect inattendu de la vie sentimentale. Ce sont les mille fleurs de ces sentiers du cœur humain dont le paysage reste attaché à son nom. » (Albert Thibaudet, Dossier du *Jeu de l'amour et du hasard* à la bibliothèque de la Comédie-Française.)

Le jugement d'Albert Thibaudet prépare une réception mesurée de la pièce, une attention à son « point de perfection, comme écrit excellemment Jean Fabre :

« Si pour reprendre l'expression de La Bruyère, il fallait déterminer "un point de perfection" dans l'art de Marivaux et fixer l'apogée de sa carrière au théâtre, la plupart penseraient sans doute à cette soirée du 23 janvier 1730 où les heureux Italiens eurent le privilège d'ajouter ce chef-d'œuvre à leur répertoire. On y découvre ce merveilleux équilibre entre l'idée et la forme, le génie et le talent, le métier et la grâce qui le destinaient à la préférence des connaisseurs, en attendant l'admiration des écoliers et des régents. A leur suite, on est amené à saluer dans *Le Jeu* un équivalent de ce que fut *Bérénice* dans le théâtre de Racine : la projection élégante comme une épure d'une conception dramatique originale, la pièce démonstrative par excellence. On se gardera seulement de l'esthétisme ou de la routine qui enfermeraient Marivaux — tout aussi bien que Racine ! — dans cette dangereuse et précaire perfection, à partir de laquelle un poète n'a plus qu'à se répéter ou à déchoir. Après comme avant *Le Jeu*, sa liberté créatrice garde en principe tous les droits. Et si dans *Le Jeu* même, il réussit à émouvoir et à plaire, c'est bien pour d'autres raisons que pour la maîtrise qu'il y déploie. » (Jean Fabre, « Marivaux », *Dictionnaire des Lettres françaises, XVIIIᵉ siècle*, Fayard, 1960, p. 173.)

Si la pièce la plus célèbre de Marivaux n'est pas encore aujourd'hui le champ d'expérimentations et de relectures rapprochées, c'est peut-être, comme le remarque Bernard Dort, à cause de son aspect *hétéroclite* (nous ajouterions volontiers à cause du *masquage* de son contenu — le thème du déguisement — dans une forme abstraite, où tout est comme comprimé en un « feuilleté de la signifiance » [Barthes]) :

« On tient communément *Le Jeu de l'amour et du hasard* pour le chef-d'œuvre de Marivaux. Certes, le personnage de Silvia est un des plus riches et des plus variés (en raison même du rebondissement du troisième acte) de son théâtre. Mais Marivaux n'avait peut-être pas tort de ne pas compter *Le Jeu* au nombre de ses pièces préférées. Ni ses contemporains d'en critiquer le déséquilibre et les facilités. Si certaines de ses scènes sont d'une subtilité et d'une unité rares, *Le Jeu de l'amour et du hasard* demeure une œuvre assez hétéroclite, comme partagée entre l'abstraction des premières comédies marivaudiennes et le réalisme plus concret de ses dernières œuvres. » (Présentation à l'édition du *Théâtre complet*, Le Seuil, 1964, p. 275.)

A-t-on le droit d'espérer que les toutes dernières lectures de Marivaux — celle de Michel Deguy, par exemple — elles-mêmes si magnifiquement inspirées par le travail récent des metteurs en scène, rejaillissent sur la manière la plus radicale, plus osée, plus exigeante de lire et de jouer *Le Jeu de l'amour et du hasard* ? Aux metteurs en scène d'actionner *La Machine matrimoniale ou Marivaux* :

« La Silvia du *Jeu de l'amour et du hasard* est sous le coup de *La Colonie* : le mari est un danger. Ça ne peut aller de soi "naturellement", "naïvement" (I, 1). Il faut que ça passe par la rupture, l'épreuve, le moment d'autonomie d'une femme. Elle parle comme une mère. A d'autres circonstances, l'émancipation de la femme serait de parler comme Lisette [...]

« *Dupe de son propre stratagème,* Dorante l'aura été un peu plus longtemps que les autres. Il est mis à l'épreuve par sa ruse plus longtemps que Silvia ; il n'y a plus que lui qui soit abusé, seul, longtemps et presque jusqu'à la fin, dès le moment où il pense, en disant son secret, maîtriser la situation. Les valets seront dupés — ils y ont "cru" ! Mais "ces gens-là ne savent pas la conséquence d'un mot". Punis, sans colère. L'épreuve du travestissement par échange des conditions sociales ménage l'événement qui aura été la condition mémorable du mariage ; l'épreuve accumule une source d'énergie inépuisable dont la vie conjugale vivra. (Silvia à son père : "Si vous saviez combien tout ceci va rendre notre union aimable ! Il ne pourra jamais se rappeler notre histoire sans m'aimer ; je n'y songerai jamais que je ne l'aime. Vous avez fondé notre bonheur pour la vie en me laissant faire." Jusqu'à la belle déclaration d'amour à la fin : parade amoureuse conduite par Marivaux jusqu'à ce que ces deux âmes le satisfassent. Escalier d'aveux jusqu'à la plus belle déclaration. Cérémonie des fiançailles. » (Michel Deguy, *La Machine matrimoniale ou Marivaux*, Paris, Gallimard, 1981, pp. 95 et 96.)

Dramaturgie

Questions et appréciations

On reviendra sur l'analyse de l'action (p. 134), en envisageant, à partir de chaque acte, un ensemble de réflexions et de thèmes d'approfondissement.

Pour apprécier la dynamique de la pièce, on se souviendra de la formule de Jean Rousset qui fait de toute pièce de Marivaux la rencontre du cœur et du regard :

« De la sorte, avec de nombreuses variantes, chaque

pièce se développe sur un double palier, celui du cœur qui "jouit de soi" et celui de la conscience spectatrice. Où est la vraie pièce ? Elle est dans la surimpression et l'entrelacement des deux plans, dans les décalages et les échanges qui s'établissent entre eux et qui nous proposent le plaisir subtil d'une attention binoculaire et d'une double lecture. » (*Op. cit.*, p. 56.)

Le Jeu de l'amour et du hasard voit bien, lui aussi, le conflit du cœur et du regard, jusqu'à leur rencontre finale, dans les dernières scènes de l'acte III. On s'attachera à suivre le cheminement de ce conflit, notamment pour Dorante et Silvia.

L'acte I, où les divers déguisements et les pièges se mettent en place, commence par une exposition *in medias res*. On prendra par exemple chacun des termes de la première réplique de Silvia pour établir comment ils forment une série de *leitmotive* que l'intrigue reprend et varie. Les scènes où Silvia et Lisette décident de se travestir donneront l'occasion de réfléchir aux divers types de déguisement de ce *Jeu* : masque social de l'hypocrisie, apparence trompeuse, beauté déroutante du corps, identité de condition sociale, manœuvre des meneurs de jeu, enfin et surtout masque du langage. Le masque sera étudié comme ce qui est à la fois l'instrument de la tromperie et le révélateur de la vérité. On comparera la manière dont chacun s'accommode, subit ou domine son masque.

Dès le premier acte, on prend conscience de l'importance assez relative des unités de temps et de lieu, pour cette dramaturgie. « La maison de Monsieur Orgon » est un lieu suffisamment vague et peu spécifique, de sorte que la pièce n'ancre pas l'intrigue dans un cadre trop contraignant. L'ellipse temporelle entre les actes ne donne pas non plus une indication sur la durée de l'action : rien ne la limite aux vingt-quatre heures de la

tragédie classique. Les quelques indices temporels que
l'on relèvera ne sont pas très éclairants pour situer
l'action, et l'on s'efforcera d'en tirer les conséquences
pour saisir le genre d'histoire qui nous est conté et son
lien à la réalité historique.

L'acte II se prête à une analyse des effets de parallélisme entre les actions des maîtres et des valets, entre les
réactions des hommes et des femmes, entre l'évolution
des sentiments et les « manières de parler ». On prendra
soin toutefois de différencier ces réactions, notamment
en suivant l'évolution parallèle *et* différenciée de l'intrigue principale (Silvia/Dorante) et de l'intrigue secon-
daire (Lisette/Arlequin). On notera par quels indices
dans le texte ou les indications scéniques le spectateur
prend conscience de l'évolution psychologique des personnages, quels commentaires Marivaux juge utile de
leur prêter pour faire comprendre la situation ou l'enjeu
idéologique de la pièce.

On reviendra sur l'abandon relatif du schéma de la
Commedia dell'arte (situations parallèles, permutations,
chassés-croisés, retour au point de départ) pour expliquer ce blocage d'un système dramaturgique déjà archaï-
que. On tentera de comprendre cette « fin de la comédie », en réfléchissant sur la manière dont la pièce reflète
— malgré elle — la tendance historique d'une différen-
ciation et d'une *distinction* entre les maîtres et les valets.
Dans l'interprétation que nous avons proposée, les valets ont bien cru qu'ils pourraient détourner à leur profit
ce monde à l'envers, faire durer cette parenthèse carna-
valesque. Ils se sont trompés, et plus radicalement qu'ils
ne l'imaginaient, car non seulement la comédie cesse, les
masques tombent, mais la différence des conditions
n'est plus une convention théâtrale passagère ; elle se
fonde sur une distinction naturelle, légitimée par l'expérience du déguisement, sur une différence de classe sen-

sible sur tous les plans : linguistique, moral, économique. On recherchera toutefois les indices du texte qui insistent sur l'universalité de l'amour, sur sa révélation grâce au subterfuge du déguisement et sur les visages différents qu'il prend chez Silvia, Dorante, Lisette et Arlequin.

C'est grâce à l'étude des dialogues, de l'agencement des répliques que l'on comprendra la construction de la fable, notamment ce que F. Deloffre nomme « le mode obligatoire du progrès de l'action », c'est-à-dire « le passage d'un mot à un mot » [...], le fait que « chez Marivaux c'est avant tout sur le mot qu'on réplique et non plus sur la chose ». L'étude des scènes 6 de l'acte I ou 3 de l'acte II fournit nombre d'exemples de ce jeu de mot à mot.

Le rôle du langage devient donc capital, à la fois pour caractériser les personnages et pour faire avancer l'action. Parfois, le personnage est victime d'un « accès de langage », d'un affolement où le dialogue, habituellement très rapide, cède la place à des tirades où Silvia (II, 11) comme Dorante (II, 12) ne semblent plus maîtres de leur discours. On observera comment, la plupart du temps, c'est plus le langage qui crée le personnage que l'inverse.

Au XVIIIᵉ siècle, l'acte III a été jugé inutile, comme si la pièce se terminait en réalité avec la révélation de l'identité de Dorante. On reviendra sur de tels arguments, notamment pour comprendre la fonction idéologique et dramaturgique de ce dernier acte par rapport aux deux premiers. On notera également la rapidité de la conclusion dès que Dorante demande la main de Silvia, et l'on mettra à profit ce que Jacques Scherer a nommé l'abréviation, à savoir l'accélération de la conclusion dès que tout est connu :

« Les sentiments que les mots expriment en les dissimulant deviennent peu à peu irrépressibles, l'aveu éclate, explosion provoquée par le langage et qui détruit le langage. Dans l'abréviation qui est à la fois faillite et apothéose de l'univers verbal, le dénouement est très exactement atteint au moment précis où il n'est plus nécessaire de parler.» (Préface à l'édition du Seuil, p. 10.)

Comment ne pas terminer l'étude de cette pièce sans une réflexion sur le marivaudage ? Ce sera l'occasion de revenir sur les stéréotypes que La Harpe, parmi beaucoup d'autres critiques, a contribué à mettre en circulation :

«Marivaux se fit un style si particulier qu'il a eu l'honneur de lui donner son nom : on l'appelle *marivaudage*. C'est le mélange le plus bizarre de métaphysique subtile et de locutions triviales, de sentiments alambiqués et de dictions populaires : jamais on n'a mis autant d'apprêt à vouloir paraître simple.»

On espère avoir donné quelques outils pour dépasser de telles approximations, si élégantes soient-elles, et encouragé le lecteur à chercher dans la dramaturgie, dans la texture et dans la conception du langage l'originalité de cette œuvre. Et l'on donnera volontiers le dernier mot à Jean-Louis Bory risquant, lui aussi, sa définition du marivaudage :

«Marivaudage : ce qui reste de Marivaux quand on a enlevé Marivaux.»

Au lecteur de formuler, en fin de compte, sa propre définition du marivaudage, en littérature et dans la vie.

Biographie

1688. — 4 février : naissance de Pierre Carlet à Paris. Son père, «trésorier des vivres», acquiert une charge de «contrôleur contre-garde» à la

Monnaie de Riom (décembre 1698). Son oncle maternel est Pierre Bullet, « architecte des bâtiments du roi ».

1697. — Louis XIV renvoie les Comédiens-Italiens de France.

1699. — Marivaux fréquente le collège des Oratoriens de Riom. Mort de Racine.

1710. — S'inscrit à la faculté de droit de Paris. Fréquente Fontenelle et La Motte.

1711. — *L'Épreuve réciproque* de Le Grand, une des sources probables du *Jeu*.

1712. — S'installe définitivement à Paris et décide de se consacrer à la littérature. Publie sa première pièce, *Le Père prudent et équitable*, sans nom d'auteur. Soumet à la censure un roman, *Pharsamon ou les Nouvelles Folies romanesques*. Le roman ne sera toutefois publié qu'en 1737. On trouve dans ce roman de jeunesse une parodie du discours romanesque dont certains passages seront repris mot pour mot par Silvia dans *Le Jeu de l'amour et du hasard* : « Son cœur et le mien ne sont point faits l'un pour l'autre ; sa tendresse est d'une espèce trop commune [...] Je ne veux point un amour ordinaire. L'aventure qui nous a fait connaître n'a rien d'assez singulier : des cœurs que le Ciel destine l'un à l'autre ne sont touchés que par un hasard surprenant... » (*Œuvres de jeunesse*, Gallimard, pp. 396-397).

1713. — Publie les trois premières parties de son premier roman, *Les Aventures de *** ou les Effets surprenants de la sympathie*.

1714. — *La Voiture embourbée, Le Bilboquet*.

1715. — Mort de Louis XIV. Régence du duc d'Orléans.

1716. — *L'Homère travesti*. Prend le nom de Pierre

Carlet de Chamblain de Marivaux. Choisit le parti des Modernes, lors de la « Querelle d'Homère ».

De retour à Paris, les Comédiens-Italiens jouent à l'Hôtel de Bourgogne, improvisent à partir d'un simple canevas (ex. : *L'Amante difficile*, le 17 octobre, sans aucune répétition). Le directeur est Luigi Riccoboni (Lélio) qui rêve d'un grand répertoire ; sa femme, Elena Balleti, est autant une érudite qu'une actrice.

1717. — Épouse Colombe Bollogne. Publie les *Lettres sur les habitants de Paris* dans le *Nouveau Mercure*. Les Comédiens-Italiens commencent à jouer en français (grand succès du *Naufrage au Port à l'Anglais* en 1718). Première *Lettre sur les habitants de Paris*.

1718. — *Le Mercure* présente Marivaux, malgré ses vives protestations, comme le « Théophraste moderne ».

1719. — Naissance d'une fille. Mort de son père. *Pensées sur la clarté du discours* et « Sur *le sublime* ».

Sa tragédie, *La Mort d'Annibal*, est reçue par les Comédiens-Français.

Essaie, en vain, de succéder à son père à Riom.

1720. — *L'Amour et la Vérité*, écrit avec Saint-Jorry (dont il ne reste que le prologue), est joué une seule fois à la Comédie-Italienne. Succès d'*Arlequin poli par l'amour* (C.I.). Échec de *La Mort d'Annibal*. L'actrice Silvia épouse son cousin Mario.

Est ruiné à la suite de la faillite du banquier Law.

1721. — Marivaux est reçu bachelier et licencié en droit. Il fait paraître un journal, *Le Spectateur français* : « Je ne sais pas créer, dit la première feuille, je sais surprendre en moi les pensées que le hasard y fait naître et je serais fâché d'y mettre du mien. »

Discute dans les cafés aux côtés des Modernes. Obtient la licence de droit.

1722. — *Le Galant Coureur* de Le Grand, une des sources possibles du *Jeu*.

La Surprise de l'amour. Vif succès. Rencontre de Silvia. (On ne sait si Marivaux voulait lui expliquer son rôle — selon d'Alembert — ou si celle-ci voulait le consulter sur son sens — selon Lesbros de la Versane —, en tout cas ils avaient des choses à se dire.)

Mort du Régent.

Début du règne de Louis XV.

1723. — *La Double Inconstance*, grand succès. Mort de son épouse. Les Comédiens-Italiens deviennent les Comédiens du Roi.

1724. — Succès du *Prince travesti* et de *La Fausse Suivante* à la Comédie-Italienne. Échec du *Dénouement imprévu* à la Comédie-Française. Attaque de Desfontaines contre les « néologues » (dont Marivaux).

1725. — *L'Ile des esclaves*, très grand succès. « Celles [les pièces] dont M. de Marivaux faisait le plus de cas sont *La Double Inconstance*, les deux *Surprise de l'amour*, *La Mère confidente*, *Les Serments indiscrets*, *Les Sincères* et *L'Ile des esclaves*. Ce qui prouve bien combien son goût était sûr, puisque ce sont ses meilleures pièces », nous assure sans rire Lesbros de la Versane (1769).

1726. — Ouverture du salon de Mme de Tencin, que fréquente Marivaux. Commence à rédiger *La Vie de Marianne*.

Maladie de Silvia. Écrit *L'Indigent Philo-sophe.*

1727. — Nouveau journal créé par Marivaux, *L'Indi-gent Philosophe. L'Ile de la raison* est sifflé à la Comédie-Française, parodié à la Comédie-Italienne par Dominique et Romagnesi *(L'Ile de la folie)*, car « quoique pleine d'esprit, [la pièce] ne parut pas être goûtée du public ».

1728. — *Triomphe de Plutus* (Comédie-Italienne).

1729. — *La Nouvelle Colonie* est retirée à cause de la cabale.

Les Amants déguisés d'Aunillon à la Comédie-Française, source du *Jeu*. La pièce se termine sur ces paroles de la servante Finette : « Tenez, Monsieur, je vois la fin de tout ceci. Ils ont en tous deux la même crainte, qu'un mariage fait par Procureur ne convînt pas à leurs inclinations ; et à dire vrai, c'est un coup de hasard que vous avez si bien rencontré. Tous ces mariages qu'on fait sans se connaître, ne réussissent pas aussi bien que celui-ci. Mais ils ont du moins cette obligation à leur déguisement, d'être assurés du cœur l'un de l'autre. Ce n'est ni le rang, ni l'intérêt qui a donné naissance à leur passion. »

On admirera la concision et la légèreté de l'adaptation marivaudienne par rapport à ces longues explications moralisatrices d'Aunillon.

1730. — 23 janvier : première représentation du *Jeu de l'amour et du hasard* par les Comédiens-Italiens. La pièce connaît quatorze représentations, dont une à la Cour, le 28 janvier. La distribution est la suivante : Silvia (Silvia, Zanetta, Rosa Benozzi, épouse de Balleti) ; Dorante (Romagnesi ou Sticotti) ; Lisette (Thérèse [De] Lalande) ; Mario (Antonio Balleti). La pièce est publiée en avril

dans le *Nouveau Théâtre-Italien* par Briasson.
     Le Jeu et *Arlequin poli par l'amour* sont joués à la Cour avec un vif succès.

1731. — 10 février et 7 juillet : nouvelles représentations à la Cour du *Jeu*.
     Les Serments indiscrets, pièce en cinq actes, écrite pour la Comédie-Française.

1732. — *Le Triomphe de l'amour* n'est joué que six fois. *Les Serments indiscrets* est critiqué pour l'absence d'action et l'abondance d'esprit et de « métaphysique ».

1733. — *L'Heureux Stratagème* est un succès (dix-huit représentations).
     Mort de Mme de Lambert, dont Marivaux fréquentait le salon.

1734. — *Le Cabinet du philosophe* (onze feuilles). On y trouve cette maxime séminale sur l'amour : « De toutes les façons de faire cesser l'amour, la plus sûre, c'est de le satisfaire. » Début de la publication du *Paysan parvenu*. *Le Petit-Maître corrigé* sifflé à la Comédie-Française. Crébillon publie *L'Écumoire* qui pastiche *La Vie de Marianne*.

1735. — *La Mère confidente* à la Comédie-Française (succès).

1736. — Publication du *Télémaque travesti* contre la volonté de Marivaux. Débuts de Mlle Clairon à la Comédie-Italienne dans *L'Ile des esclaves*.

1737. — *La Fausse Confidence* n'obtient qu'un succès d'estime.

1738. — Reprise des *Fausses Confidences* à la Comédie-Française.

1739. — *Les Sincères* (Comédie-Italienne). Neuvième et dernière partie apocryphe de *La Vie de Marianne*. Mort de Thomassin (l'Arlequin de Marivaux).

1740. — *L'Épreuve* (Comédie-Italienne), la dernière pièce écrite pour les Italiens, est un des plus grands succès. Les ballets et les intermèdes jouent un rôle de plus en plus important.

1741. — Écrit *La Commère*, à partir d'un épisode du *Paysan parvenu*. La pièce ne sera découverte qu'en 1965, créée à la Comédie-Française en 1967.

1742. — *La Vie de Marianne* (9e, 10e, 11e partie). Retouche la pièce de J.-J. Rousseau, *Narcisse*. Est élu, le 10 décembre, à l'Académie française.

1743. — Prononce son discours de réception à la mémoire du cardinal Fleury. Est accueilli, non sans critique pour son style, par l'archevêque de Sens et loué non pour ses ouvrages, mais pour « son bon cœur », la douceur de « sa société », « l'amabilité de son caractère ».

   Les Italiens utilisent de plus en plus de feux d'artifice pour attirer le public ; recette d'un soir *sans* feux d'artifice : 44 livres, *avec :* 2 044 livres.

1744. — *Réflexions sur le progrès humain*, lues à l'Académie.

   Échec de *La Dispute*, après une seule représentation à la Comédie-Française.

   Angélique, Gabrielle Anquetin de Saint-Jean loue à Marivaux un appartement dans son Hôtel d'Auvergne. Elle vit avec lui à partir de cette époque.

1745. — Sa fille Colombe-Prospère entre au couvent.

1746. — *Le Préjugé vaincu* (Comédie-Française).

1747. — Reçoit une rente viagère de 2 000 livres. Réouverture du salon de Mme du Deffand. Parution d'un recueil de ses pièces en allemand.

1748. — Représentation du *Jeu de l'amour et du hasard*
à Bayreuth. Lit ses *Réflexions en forme de Lettre
sur l'esprit humain* à l'Académie.

1749. — Réflexions sur Corneille et sur Racine.
Début de la publication de l'*Encyclopédie* de
Diderot et d'Alembert.
Mort de Mme de Tencin.

1751. — *Réflexions sur les Romains et les anciens Per-
ses* à l'Académie.

1753. — Signe une reconnaissance de dettes de
20 900 livres à Mlle de Saint-Jean. Portrait de
Marivaux par Van Loo à l'occasion du Salon de
peinture.

1754. — *L'Éducation d'un prince* publié dans *Le Mercure.*

1757. — Publie *Félicie* et *Les Acteurs de bonne foi*,
comédies en un acte. Il lit à la Comédie-Française
L'Amante frivole, pièce aujourd'hui perdue.
Déménage avec Mlle de Saint-Jean dans un autre
appartement, rue de Richelieu. Il cède ses droits à
l'éditeur Duchesne, en se constituant une rente
annuelle de 2 800 livres.

1758. — Malade, il rédige son testament. Les *Œuvres
de théâtre de M. de Marivaux*, en cinq volumes,
sont publiées par Duchesne.

1760. — Grave crise financière de la Comédie-Italienne. Ses dettes s'élèvent à 400 000 livres. Elle
fait appel à Goldoni.

1761. — Publication anonyme de *La Provinciale* dans
Le Mercure, comédie attribuée à Marivaux.

1762. — Fusion de l'Opéra-Comique et de la Comédie-
Italienne. Les acteurs qui ne savent pas chanter
sont renvoyés. La troupe sera dissoute en 1779,
sur ordre du roi.

1763. — 12 février : mort de Marivaux, dans son

appartement, rue de Richelieu. La vente de ses
biens rapporte 232 livres.

Bibliographie

Études sur le théâtre de Marivaux

BONHÔTE, Nicolas, *Marivaux ou les Machines de l'opéra.
Étude de sociologie de la littérature*, Lausanne, L'Age
d'Homme, 1974.

COULET H. et GILOT M., *Marivaux, un humanisme expé-
rimental*, Paris, Larousse, 1973.

DEGUY, Michel, *La Machine matrimoniale ou Marivaux*, Paris, Gallimard, 1981.

DELOFFRE, Frédéric, *Une préciosité nouvelle. Marivaux et
le marivaudage*, Paris, A. Colin, 1967.

DORT, Bernard, « A la recherche de l'amour et de la
vérité. Esquisse d'un système marivaudien », Postface
à l'édition du *Théâtre de Marivaux*, Club français du
livre, 1961-1962. Repris dans *Théâtre public*, Paris, Le
Seuil, 1967.

LAGRAVE, Henri, *Marivaux et sa fortune littéraire*,
Ducros, 1970.

MIETHING, Christoph, *Marivaux' Theater. Identitätspro-
bleme in der Komödie*, München, Fink, 1975.

PAVIS, Patrice, *Marivaux à l'épreuve de la scène*, Paris,
Publications de la Sorbonne, 1986.

ROUSSET, Jean, « Marivaux ou la structure du double
registre », *Forme et Signification*, Paris, Corti, 1962.

SPACAGNA, Antoine, *Entre le oui et le non. Essai sur la
structure profonde du théâtre de Marivaux*, Berne,
P. Lang, 1978.

TROTT, David A., *The Interplay of Reality and Illusion
in the Theatre of Marivaux*, PhD, University of
Toronto, 1970.

Études *sur* Le Jeu de l'amour et du hasard

BARRERA-VIDAL, Albert, « Les différents niveaux de langue dans *Le Jeu de l'amour et du hasard* de Marivaux », *die Neueren Sprachen*, n° 15, August 1966.

CAVALLI, Christian, « Analyse stylistique de l'acte II du *Jeu de l'amour et du hasard* », *Recherches et Travaux*, Université de Grenoble, U.E.R. de lettres, n° 17, 1978.

DUBOIS, Rhoda, « Marivaux. Le procès du hasard », *Comédie-Française* n° 91, septembre 1980.

GISSELBRECHT, André, « *Le Jeu de l'amour et du hasard* à l'Athénée », *Théâtre populaire*, n° 38, 2ᵉ trimestre 1960.

HEITMANN, Klaus, « Le Jeu de l'amour et du hasard », *Das franzosische Theater vom Barock bis zur Gegenwart*, Jürgen von Stackelberg, ed., Düsseldorf, 1968.

HOWELLS, R.J., « Marivaux and the Heroic », *Studies on Voltaire and the Eighteenth Century*, vol. CLXXI, 1977.

JASINSKY, René, « Une réminiscence de Marivaux dans *Le Jeu de l'amour et du hasard* », *Revue d'histoire littéraire de la France*, 47ᵉ année, n° 2, 1947.

LEDENT, Roger, « Une source inconnue du *Jeu de l'amour et du hasard, Revue d'histoire littéraire de la France*, 1947.

PAPPAS, John, « Le réalisme du *Jeu de l'amour et du hasard* », pp. 255-260, *Essays on the age of Enlightenment in honor of Ira O. Wade* (ed. by Jean Macary), Genève, Droz, 1977.

PAVIS, Patrice, « *Le Jeu de l'amour et du hasard* ou la réécriture du discours de l'autre », *Marivaux à l'épreuve de la scène, op. cit.*

THIBAUDET, Albert, Dossier du *Jeu de l'amour et du hasard* (s.d.) Bibliothèque de la Comédie-Française. (Voir « La pièce et son public ».)

Notes

Page 22.

    1. Sous sa direction.

    2. Congédiez.

Page 24.

    1. Amusante.

    2. Imaginer.

    3. A une telle apparence.

    4. T'habiller avec élégance.

    5. Un tablier sera suffisant pour me faire changer d'apparence.

Page 25.

    1. Ton prétendant.

    2. Ne le retardez pas.

    3. Habillé comme pour un bal masqué.

Page 26.

    1. Le passage.

    2. Une idée.

    3. Scrupuleux.

    4. Décider.

    5. A propos de.

    6. Étrange.

Page 27.

    1. Tombera amoureux de.

    2. C'est comme si ce valet était déjà conquis (discours précieux).

    3. De lui faire perdre la notion de.

    4. Connaître plus exactement.

    5. Vaurien. De l'italien *facchino*, portefaix. « Terme de mépris et d'injure qui se dit d'un homme de néant, d'un homme qui fait des actions indignes d'un honnête homme » (*Dictionnaire de l'Académie*, 1694).

Page 28.

1. Je lui ferai raconter des histoires à propos de son maître.

2. Portefaix.

3. Bureau des messageries.

4. Bientôt fini.

5. Je fais partie de la maison de.

Page 29.

1. Bien des histoires, des embarras.

2. « Mademoiselle » est un « titre d'honneur qu'on donne aux filles et aux femmes des simples gentilshommes, qui est mitoyen entre la *Madame* bourgeoise et la *Madame* de qualité » (*Dictionnaire* de Furetière, 1690).

3. Ne me fais pas croire trop de bien de moi-même.

4. Le nom donné d'après la province d'origine du domestique.

5. Vous vous moquez de moi.

Page 30.

1. Terme de chasse : chasse sur mes terres, soit mon rival.

2. Compliment, façon galante de s'exprimer.

3. Discussion, bataille d'arguments.

4. Il n'est pas courant qu'un maître salue un domestique. Dorante le remercie pour ce signal adressé en réalité par Orgon à une personne de son propre monde.

5. Ils se moquent de moi.

Page 31.

1. Va me conter fleurette, me faire la cour.

2. Renoncé à faire des manières.

3. La suivante est une « demoiselle attachée au service d'une grande dame » (Littré). Lisette est tour à tour une suivante, la « coiffeuse de Madame », une confidente, une amie, une rivale, une femme de chambre, etc.

4. Flatteries.

Page 32.

1. Que le traité soit respecté.

2. Un noble. Il y a là probablement un jeu de mots car la condition est certes la noblesse, mais aussi « l'état d'une personne qui entre dans une maison en qualité de domestique » (Littré).

3. Je n'accepterai rien de moins élevé qu'un tel homme de condition.

Page 33.

1. Quelque mauvais gré que...

Page 34.

1. Confidentiellement.

2. Qui me transportent de joie.

3. Retenu prisonnier et amoureux.

4. Plus de pitié.

Page 35.

1. Ma valise.

2. L'emploi intransitif du verbe trahit la motivation principale d'Arlequin : faire un mariage qui rapporte, et non lier sa vie à celle d'une autre personne.

Page 36.

1. Hôtel particulier.

2. Le jeu de mots sur *dire* et *faire* révèle plus profondément l'opposition irréductible entre Silvia, qui se situe du côté de la parole, et Arlequin qui vit seulement dans la praxis et l'action sans réflexion.

3. Persistez dans ce sentiment-là.

Page 37.

1. Imbécile.

2. Depuis un instant seulement.

Page 38.

1. Défraîchi.

2. Présentable (« qui donne de l'appétit »).

ACTE II

Page 39.

1. Parler.

Page 40.

1. Cela ne manquera pas d'en être ainsi.

2. Je n'ai pas utilisé vraiment mes charmes. L'emploi du mot au pluriel est un procédé burlesque qui parodie l'usage précieux.

3. A ce compte-là.

Page 42.

1. Ne me quitte pas.

2. A première vue, en gros.

3. Le renvoyer.

4. Se comporte-t-il ?

5. Fait l'important. Encore un exemple d'expression qui ne renvoie pas à une catégorie précise de la société (bourgeoisie ou noblesse), mais désigne de façon neutralisée une personne définie par ses qualités morales.

6. Concevoir par avance des sentiments défavorables.

Page 43.

1. « Serviteur » s'emploie en réalité pour dire au revoir.

2. Le brave homme.

3. Auquel vous avez donné naissance.

Page 44.

1. Le marier.

2. Marié. Notez comme Arlequin file la métaphore de l'amour, en prenant l'image au pied de la lettre.

3. L'occuper.

4. Un huitième de litre.

5. Me maintenir en vie.

6. Votre attitude d'humilité ne serait que feinte.

Page 45.

1. Ne te trahis pas, ne montre aucun empressement.

Page 46.

1. D'en devenir fou.

2. A rabattre sur le prix, à rabattre sur l'opinion qu'on avait.

Page 47.

1. Condition sociale.

2. Tout loisir.

3. Bougeoir.

4. Fautes d'appréciation.

Page 48.

1. Quoi donc !

2. Qu'elle ait fini.

3. Grossièretés.

Page 49.

1. Ces circonstances.

2. Déplaisant.

Page 50.

1. Du moment que.

Page 51.

1. Rabaissent.

2. Cette personne aimée (vocabulaire précieux).

Page 52.

1. Indifférence.

2. Ni à mon départ.

3. Que je perde la tête.

Page 54.

1. J'occuperai.

2. Je ne te retenais pas.

3. De te rendre amoureux de moi.

Page 55.

1. Ma complaisance.

2. Honorable.

Page 56.

   1. Commander le respect.

Page 57.

   1. Troublé.

   2. Discrédite.

Page 58.

   1. Personne indiscrète et bavarde.

   2. Je suis exposé à.

   3. Cette fois-ci.

   4. Quelle intention nous prêtes-tu ?

   5. Quelles idées extravagantes avez-vous ?

Page 59.

   1. « Impulsions, passions ou affections de l'âme » (*Diction-naire de l'Académie*, 1694).

   2. L'importance.

Page 60.

   1. Répétition.

Page 62.

   1. M'empêcher.

   2. Examiner.

   3. A mon départ.

   4. Le résultat.

Page 63.

   1. Mariage. Dorante comme Silvia restent toujours conscients de l'impossibilité d'une mésalliance. Leur amour n'est pas une passion qui néglige toute contrainte sociale.

   2. Au sujet de.

Page 64.

   1. A l'instant.

   2. Comprenez.

   3. Qu'elle ne perde pas la raison.

ACTE III

Page 66.

1. Accordons-nous. On remarquera la violence soudaine des rapports entre maître et domestique.

2. Jouer les violons pour la noce.

3. L'habit correspondant à ma condition.

4. Les couleurs de la livrée de domestique.

5. Les valets se tiennent au buffet, pour servir les maîtres qui sont à table.

6. Le résultat.

7. Vous faites la cour à Lisette.

Page 67.

1. Vous imitez un homme d'origine noble.

2. Pour la raison suivante. En même temps qu'une attaque violente, l'intervention de Mario est un signal pour lui dire que Silvia est digne d'être courtisée par un homme de condition.

Page 68.

1. Dans ces conditions.

Page 69.

1. Est-ce que vous lui cherchiez querelle?

2. Digne d'être aimé. Ce jeu de mots, correspond à celui qu'Arlequin faisait sur plaire/plaisant (I, 8).

Page 70.

1. Embarrassé.

Page 72.

1. Tout à l'heure.

2. Éloquence. La situation est en effet on ne peut plus ironique puisque Silvia s'obstine à croire au hasard devant ceux mêmes qui savent si bien le manipuler.

Page 73.

1. Divertissement.

2. C'est comme si c'était fait.

3. Démarche déplacée.

4. Celui-ci est des plus simples qui soit.

5. A mon bon plaisir.

Page 74.

1. Bien préparée, apprêtée.

2. N'avez-vous aucune prétention sur lui ?

3. Qu'il s'arrange avec toi.

4. Émotion-là.

Page 76.

1. Médiocre.

2. D'où vient que vous me dites cela ?

3. C'est là le secret de l'affaire.

Page 77.

1. Ma cachette.

2. Il reste une difficulté.

3. Gros singe.

4. Chute.

Page 78.

1. Ne prêtons point à rire.

Page 79.

1. Il n'a pas soufflé mot.

2. Un uniforme.

3. Tant est si bien que.

4. Tu te trompes.

5. Veste de domestique.

6. Veste de tissu grossier pour les gros travaux.

7. Qu'on ne peut détruire un amour comme le mien.

8. Vos habits.

9. Placer mon attaque.

Page 80.

1. Une femme de chambre.

2. Sur un pied d'égalité.

3. Devancé.

4. Objecter.

5. De vous faire connaître.

Page 82.

1. C'est bien naturel.

2. Il réfléchit.

3. Extraordinaire.

Page 83.

1. Jeunes personnes.

2. Rendre amoureux.

Page 84.

1. Mettre en danger.

Page 85.

1. Ne retenez donc plus.

Page 86.

1. Cette expression est empruntée à la conclusion du *Joueur* de Regnard (1696).

Table

Table 158

Crédit photos

Photo Viollet-Lipnitzki p. 23, 41, 71.
Philippe Coqueux, p. 93.

Composition réalisée par C.M.L., Montrouge

IMPRIMÉ EN FRANCE PAR BRODARD ET TAUPIN
Usine de La Flèche (Sarthe).
LIBRAIRIE GÉNÉRALE FRANÇAISE - 6, rue Pierre-Sarrazin - 75006 Paris.
ISBN : 2 - 253 - 03786 - 9